De ratones y hombres

John Steinbeck

Grupo Editorial Tomo, S. A. de C. V.
Nicolás San Juan 1043
03100 México, D. F.

1.ª edición, octubre 2015.
2.ª edición, mayo 2016.
3.ª edición, septiembre 2018.

© *Of Mice and Men*
John Steinbeck

© 2018, Grupo Editorial Tomo, S. A. de C. V.
Nicolás San Juan 1043, Col. Del Valle
03100, Ciudad de México.
Tels. 5575-6615, 5575-8701 y 5575-0186
Fax. 5575-6695
www.grupotomo.com.mx
ISBN: 978-607-415-747-5
Miembro de la Cámara Nacional
de la Industria Editorial N.° 2961

Traducción: Silvia Morales Mejía
Diseño de portada: Trilce Romero
Formación tipográfica: Marco A. Garibay M.
Supervisor de producción: Leonardo Figueroa

Impreso en México - *Printed in Mexico*

CAPÍTULO 1

Unos kilómetros al sur de Soledad corre cerca de la ladera el río Salinas, profundo y verde. Su cálida agua se desliza chisporroteante sobre la dorada arena al calor de los rayos del sol antes de llegar a la angosta laguna. Junto al río, la falda de la ladera bañada en sol sube hacia las montañas Gabilán, firmes y pedregosas. En el valle hay árboles a lo largo de la orilla: sauces que reverdecen en primavera, cuyas hojas bajas muestran los efectos de la nieve, y sicomoros de troncos jaspeados, níveos, sinuosos, con ramas inclinadas sobre el estanque. Por encima de la arena de la orilla, debajo de los árboles, las gruesas capas de hojarasca quebradiza crujen bajo las veloces pisadas de las lagartijas. Al ponerse el sol, los conejos se asoman de entre los matorrales para descansar sobre la arena, y en los terrenos bajos, siempre húmedos, se avistan huellas nocturnas de coatíes, de perros de los ranchos y de ciervos que se acercan a beber en la oscuridad.

A la vista, entre los sauces y los sicomoros, hay un sendero de tierra compacta producto de las pisadas de los niños que vienen de los ranchos para zambullirse en la profunda laguna, y de los vagabundos que, exhaustos, acampan en la ribera. Al pie de un sicomoro gigante está un montículo de cenizas, resultado de muchas fogatas. Su liso tronco ha sido visitado por muchos hombres.

CAPÍTULO 2

Al atardecer de ese día caluroso, la suave brisa sopla entre la hojarasca. Una silueta trepa por las colinas en dirección hacia la cumbre. En la arena, los conejos siguen sentados, inmóviles como grisáceas esculturas de piedra. Repentinamente se escuchan pasos sobre las quebradizas hojas de sicomoro que vienen de la carretera estatal. Los conejos corren a esconderse en silencio. Una garza de largas patas se eleva trabajosamente en el aire, batiendo las alas por encima del agua. Por unos instantes el lugar permanece estático, y enseguida dos hombres aparecen en el camino. Se dirigen hacia el claro cercano a la orilla de la laguna.

Uno marchaba detrás del otro a lo largo del sendero, y así siguieron. Ambos vestían pantalones y chaquetas de estameña con botonadura de bronce. Usaban sombreros negros sin forma y cargaban al hombro oscuros hatillos envueltos en mantas. El primer hombre era bajito y ágil, de rostro moreno, mirada inquieta, facciones angulares y firmes. Todos los miembros de su cuerpo estaban bien delineados: manos pequeñas y enérgicas, brazos magros, nariz delgada y huesuda. Detrás de él caminaba su contrario: un hombre gigantesco, de cara informe, grandes ojos claros y anchos hombros encorvados; andaba con pesadez, arrastrando un poco los pies, como un oso. Dejaba que le colgaran los brazos a los lados, sin balancear.

Repentinamente, el primer hombre se detuvo y el que venía siguiéndolo casi choca con él. El más pequeño se quitó el sombrero y con un dedo retiró el sudor de su badana. Su enorme acompañante dejó caer su manta, se tumbó en el suelo y bebió de la verde laguna; bebía a grandes tragos y resollaba como un caballo. El hombre pequeño se paró junto a él, nervioso.

—¡Lennie! —exclamó con fuerza—. Lennie, Santo Cielo, no bebas tanto.

Lennie seguía resollando en la laguna. El hombre bajito se agachó y lo zarandeó.

—Lennie, te vas a enfermar como anoche.

Lennie metió la cabeza con todo y sombrero en el agua, después se sentó en la orilla y el agua cayó por encima de su chaqueta azul y su espalda.

—Está buena, George. Anda, bebe algo, échate unos buenos tragos —dijo alegre.

George deshizo el nudo de su hatillo y lo colocó en el suelo con cuidado.

—No estoy seguro de que esté buena —dijo—. Se ve algo turbia.

Lennie introdujo una de sus enormes manos en el agua y chapoteó. Los círculos concéntricos se expandieron hasta que chocaron con la otra orilla y viajaron de regreso. Lennie los miró.

—Mira, George. Mira lo que hice.

George se puso en cuclillas junto al agua y bebió rápidamente en el hueco de su mano.

—Tiene buen sabor —admitió—. Pero al parecer no corre. No deberías beber agua estancada, Lennie —añadió, y luego dijo sin esperanza—: Pero si sintieras sed, serías capaz de beber de una alcantarilla.

Se mojó la cara y luego se pasó la mano por el cuello y la nuca. A continuación volvió a ponerse el sombrero y tomó asiento al tiempo que se rodeaba las rodillas con los brazos. Lennie, que no le había quitado la mirada de encima, hizo exactamente lo mismo. Dobló las piernas y las rodeó con los brazos mientras miraba a George para corroborar que lo había hecho bien. A continuación bajó un poco más el ala de su sombrero por encima de sus ojos para que quedara exactamente como el de George.

George contemplaba el agua mientras fruncía el entrecejo. Tenía los ojos enrojecidos por el sol.

—Pudimos haber llegado hasta el rancho —dijo con enojo— si el maldito chofer del autobús hubiera sabido lo que decía. "Apenas un tramo por la carretera" —dijo—. "Apenas un tramo". ¡Casi cuatro millas! ¡Ese era el maldito tramo! No quería detenerse en la puerta del rancho, eso fue lo que pasó. Es demasiado holgazán el muy imbécil para llegar hasta allá. Me pregunto si irá a hacer parada en Soledad. Nos baja del autobús y dice: "Apenas un tramo por la carretera". Apuesto a que fueron más de cuatro millas. ¡Qué calor hace!

Lennie lo miró tímidamente.

—¿George?

—Sí, ¡qué quieres!

—¿A dónde vamos, George?

El hombre pequeño se acomodó el ala del sombrero y miró a Lennie con desdén.

—¡Así que ya lo olvidaste!, ¿eh? Te lo tengo que repetir de nuevo, ¿no es así? ¡Santo Cielo! ¡Eres un verdadero tonto!

—Lo olvidé —dijo Lennie en voz baja—. Traté de no hacerlo, George. Lo juro por Dios.

—Está bien, está bien, te lo diré de nuevo. Al fin que no tengo nada que hacer. Después de todo, qué importa si pierdo mi tiempo en decirte las cosas para que las olvides y luego te las tenga que decir otra vez.

—Traté una y otra vez de no olvidarlo —replicó Lennie—, pero no pude. Pero todavía me acuerdo de los conejos, George.

—¡Al diablo con los conejos! Eso es todo lo que puedes tener en la cabeza, los conejos. ¡Vaya! Ahora me vas a escuchar con atención para que la próxima vez no se te olvide y nos metas en problemas. ¿Recuerdas cuando nos sentamos por el desagüe de la calle Howard y miramos la pizarra?

La cara de Lennie se iluminó con una sonrisa llena de encanto.

—Claro que sí, George, eso sí lo recuerdo… pero… ¿qué hicimos después? Me acuerdo que pasaron unas señoritas y tú dijiste… dijiste…

—Al diablo con lo que dije. ¿Te acuerdas que luego fuimos con Murray y Ready, y que ahí nos dieron las tarjetas de empleo y los boletos para el autobús?

—Sí, George, ahora me acuerdo.

Rápidamente metió las manos en los bolsillos de su chaqueta y luego añadió con voz insegura:

—George, no encuentro mi tarjeta. Debí haberla extraviado.

Angustiado, bajó la mirada al suelo.

—No la traías tú, idiota. Yo traigo conmigo las de los dos, ¿crees que iba a permitir que tú llevaras tu tarjeta de empleo?

En el rostro de Lennie se dibujó una sonrisa de alivio.

—Yo… yo supuse que la traía en mi bolsillo.

Y su mano volvió a hurgar dentro del bolsillo.

—¿Qué tienes en ese bolsillo? —preguntó George mientras lo miraba detenidamente.

—Nada —fingió Lennie.

—Sé bien que no tienes nada ahí. Lo tienes en la mano. ¿Qué escondes en la mano?

—No tengo nada, George, de veras.

—Vamos, entrégamelo.

Con un ademán, Lennie intentó alejar la mano de George.

—Solamente es un ratón, George.

—¿Un ratón? ¿Está vivo?

—Sí, George. Solo es un ratón muerto. Pero yo no lo maté, ¡lo juro! Lo encontré cuando ya estaba muerto.

—¡Dámelo!

—Oh, permite que lo conserve, George.

—¡Dámelo!

El puño cerrado de Lennie obedeció a regañadientes. George tomó el ratón y lo lanzó hasta la otra orilla de la laguna, sobre la maleza.

—¿Con qué finalidad quieres tener un ratón muerto, eh?

—Podría acariciarlo mientras caminamos —explicó Lennie.

—Bueno, pues no vas a acariciar ratones mientras andes conmigo. Dime, ¿ahora sí recuerdas hacia dónde vamos?

Lennie lo miró con sorpresa y después ocultó el rostro en las rodillas, apenado.

—Lo olvidé de nuevo.

—Santo Cielo —dijo George con un suspiro—. Bueno..., mira: vamos a ir a trabajar en un rancho como aquel donde estuvimos en el norte.

—¿El norte?

—Sí, en Weed.

—Ah sí, claro. Ahora lo recuerdo, en Weed.

—El rancho al que nos dirigimos está muy cerca de aquí. Iremos a ver al patrón. Ahora, pon atención a lo siguiente: yo le voy a entregar las tarjetas de empleo y tú te vas a quedar callado. Te quedas quieto sin decir una sola palabra. Si se da cuenta de que eres un estúpido no nos va a dar el empleo, pero si ve cómo trabajas antes de que digas cualquier cosa, nos contratará, ¿entendiste?

—Seguro, George. Ya entendí.

—Bueno. Ahora dime, cuando vayamos a ver al patrón, ¿tú qué vas a hacer?

—Yo… yo —titubeó Lennie con el rostro desencajado—. Yo… no voy a decir nada. Me quedo quieto, sin decir una sola palabra.

—¡Eso es! Ahora repítelo muchas veces hasta que te asegures de que no lo olvidarás.

Lennie dijo con suavidad:

—Me quedaré callado… me quedaré callado.

—Bueno —interrumpió George—. Y tampoco vas a armar líos como en Weed.

—¿En Weed? —preguntó Lennie perplejo.

—Ah, con que también eso lo has olvidado, ¿eh? Bueno, no te lo recordaré para evitar que lo vuelvas a hacer.

El rostro de Lennie se iluminó como si al fin comprendiera.

—Nos corrieron de Weed —dijo triunfante.

—No nos corrieron, qué diablos —replicó George con rabia—. Nosotros fuimos los que huimos. Nos persiguieron, pero no nos hallaron.

Lennie rio de contento.

—Eso no lo hc olvidado.

George se dejó caer de espaldas sobre la arena y cruzó los brazos por detrás de la nuca. Lennie lo imitó, incorporándose un poco para mirar si lo hacía bien.

—Cielos, sí que provocas problemas —se quejó George—. ¡Estaría tan a gusto, tan tranquilo si no estuvieras pegado a mí! Podría pasármela tan bien, incluso tal vez hasta podría tener una mujer.

Por unos instantes, Lennie permaneció inmóvil pero de repente dijo muy ilusionado:

—Vamos a trabajar en un rancho, George.

—Qué bien, por fin entendiste. Pero tengo mis razones para que hoy pasemos la noche aquí.

Anochecía rápidamente. Solo las cumbres de las montañas Gabilán resplandecían con la luz del sol, que ya se había marchado del valle. Una culebra de agua nadó velozmente en la laguna, levantando la cabeza como si fuera un pequeño periscopio. Los juncos se sacudían levemente por la corriente. Muy a lo lejos se escuchó el grito de un hombre y cómo otro le respondía. Las hojas de sicomoro susurraban por las discontinuas ráfagas de viento.

—George... ¿por qué no vamos al rancho y comemos algo? Ahí podríamos encontrar algo para comer.

George se recostó de lado.

—No lo entenderías. Prefiero estar aquí. Mañana vamos a ir a trabajar, he visto en el camino máquinas trilladoras, lo que significa que vamos a cargar sacos de semillas hasta caer rendidos. Pero esta noche me voy a quedar aquí acostado mirando el cielo; me gusta.

Lennie se arrodilló y miró a George.

—¿No vamos a comer?

—Por supuesto que sí, siempre y cuando vayas por unas ramas secas. Tengo tres latas de frijoles en mi hatillo. Prepara el fuego. Te daré un fósforo cuando termines de traer las ramas, y entonces calentaremos los frijoles y comeremos.

—Me gustan los frijoles con salsa de tomate —dijo Lennie.

—Sí, pero no hay ahora tomate. Ve a buscar la leña. Y no te tardes, porque muy pronto va a anochecer.

Lennie se levantó con torpeza y desapareció entre los matorrales. George permaneció donde estaba y se puso a silbar suavemente. En eso, se escuchó un chapoteo en el río por donde se había internado Lennie. George dejó de silbar y escuchó atento.

—¡Pobre tonto! —musitó con dulzura, y siguió silbando.

Después de un rato, Lennie volvió a aparecer de entre los matorrales. Llevaba en la mano una varita de sauce. Rápidamente, George se incorporó.

—Bueno, ya es suficiente —dijo ásperamente—. ¡Entrégame ese ratón!

Lennie pretendió ser inocente.

—¿Cuál ratón, George? No tengo ninguno.

Vamos, dámelo ya. No vas a engañarme.

Lennie vaciló, dio un paso atrás y miró ansioso hacia los matorrales como si quisiese escapar. George insistió impasible:

—¿Vas a entregarme ese ratón o tengo que darte una bofetada?

—¿Entregarte qué, George?

—Diablos, sabes bien qué. Dame ese ratón.

Lennie introdujo a regañadientes la mano en el bolsillo. Su voz se quebró cuando dijo:

—No sé por qué no puedo quedármelo. Este ratón no tiene dueño, no se lo quité a nadie. Lo encontré tirado.

George seguía con la mano firmemente extendida. Lentamente, como un cachorro que no quiere devolver la pelota a su amo, Lennie se aproximó, retrocedió y se aproximó de nuevo. George chasqueó los dedos y, tras escucharlo, depositó el ratón en la mano de su amigo.

—No estaba haciendo nada malo, George. Solamente lo acariciaba.

George se incorporó y lanzó el ratón lo más lejos que pudo sobre la oscura maleza, luego fue al agua a lavarse las manos.

—Imbécil, ¿creíste que no me iba a dar cuenta de que te mojaste los pies porque fuiste al río a buscarlo?

Lennie sollozó lastimeramente y George le dio la espalda.

—¡Lloriqueando como una niña! ¡Santo Cielo! ¡Semejante grandulón!

Los labios de Lennie estaban temblorosos y los ojos se le rasaron de lágrimas. George puso una mano sobre su hombro.

—No te lo quito para martirizarte. Ese ratón ya comenzaba a apestar; además, lo habías despedazado de tanto acariciarlo. Si encuentras otro ratón más fresco, podrás tenerlo durante un tiempo.

Desconsolado y cabizbajo, Lennie se sentó en el suelo.

—No tengo idea de dónde hay otro ratón. Me acuerdo que una señora me daba ratones... todos los que ella encontraba. Pero esa señora ya no está aquí.

—¿Señora, eh? —dijo George con sarcasmo—. Ni siquiera te acuerdas quién era ella. Era tu tía Clara, y ella misma dejó de darte ratones porque siempre los matabas.

Lennie levantó triste la mirada.

—Eran muy pequeños —dijo con afán de disculpa—. Yo los acariciaba y entonces me mordían los dedos. Les apretaba un poquito la cabeza, y luego se morían... porque eran muy chiquitos. Quisiera tener pronto esos conejos, George; esos no son tan pequeños.

—¡Al diablo con los conejos! No puedes tener ratones vivos. Tu tía Clara te regaló un ratón de goma y no lo quisiste.

—No me gustaba acariciarlo. No servía para eso —replicó Lennie.

El último resplandor de la puesta de sol se
ocultó tras la cumbre de las montañas y el cre-
púsculo inundó el valle, oscureciendo los sauces
y los sicomoros. Una carpa de gran tamaño subió
a la superficie de la laguna, asomó la cabeza y se
sumergió de nuevo en la negra profundidad, dejando tras de sí círculos en el agua. En lo alto, las
hojas volvieron a susurrar, mientras unas cuantas
hebras de algodón caían suavemente sobre la superficie de la laguna.

—¿Vas a ir a buscar la leña que te dije? —preguntó George—. Hay bastante tras ese sicomoro. Es leña que dejó ahí la crecida del agua.
Anda, recógela.

Lennie rodeó el árbol y trajo consigo un hato
de hojas y ramas secas. Las dejó caer sobre el
montón de cenizas y luego fue a buscar más. Ya
casi era medianoche. Una paloma pasó volando rápidamente sobre el agua. George se dirigió al montón de leña y prendió las hojas secas.
La lumbre crepitó entre las ramas y empezó a
quemarlas. George desató el nudo de su hatillo
y sacó tres latas de frijoles. Las puso cerca del
fuego, sin permitir que lo tocaran.

—Hay suficiente para cuatro —afirmó.

Lennie lo miraba por encima de la fogata.

—Me gustan con salsa de tomate —dijo tranquilamente.

—¡Pero no tenemos! —explotó George—. Si
hay algo que no tenemos, precisamente eso es lo
que quieres. ¡Santo Dios! Si anduviera solo estaría muy bien… Conseguiría trabajo y viviría sin
problemas… Nada de sustos… y cuando fuera
fin de mes cobraría mis cincuenta dólares, iría
a la ciudad y me compraría lo que quisiera. ¡Podría pasarme toda la noche en un burdel! Comería donde me diera la gana, en un hotel o en
cualquier otro lugar, y pediría todo lo que me
gusta. Podría hacer todo eso cada mes. Me compraría tres litros de *whisky*, o estaría toda la noche jugando a las cartas o a los dados.

Sentado sobre sus rodillas, Lennie miraba por
encima de la fogata al enfurecido George. Parecía aterrorizado.

—Y en lugar de eso, ¿qué hago? —proseguía
George con furia—. ¡Te tengo a ti! No eres capaz
de conservar un empleo, y a mí me haces perder
todos los que consigo. No haces otra cosa más
que orillarme a recorrer todo el país. Y eso no es
lo peor: te metes en problemas, haces cosas que
no debes hacer y soy yo quien debe sacarte de las
dificultades.

Levantó la voz casi en un grito.

—Estúpido, hijo de perra… ¡Siempre me tienes al borde del abismo!

George, simulando las delicadas maneras de las niñas, dijo en tono burlón:

—Solamente quería tocar el vestido de esa señorita —arremedó—. Quería acariciarlo como a los ratones… Sí, ¿pero cómo demonios iba a saber ella que no querías otra cosa? La pobre se jala y tú sigues agarrándola como si fuera un ratón. Grita, y entonces nos vemos obligados a escabullirnos en una zanja todo el día para que no nos encuentren, ocultos en la penumbra para poder escapar del lugar. Y siempre es lo mismo. Siempre. Cómo quisiera poder meterte en una jaula junto con un millón de ratones para que te la pasaras de lo lindo.

De pronto, dejó de sentir ira. Miró a través de la fogata al angustiado Lennie y entonces, avergonzado, desvió la mirada hacia las llamas.

Ya estaba muy oscuro, pero el fuego permitía ver los troncos de los árboles y las colgantes ramas sinuosas. Lennie se aproximó arrastrándose poco a poco a George, con cautela, y cuando al fin estuvo a su lado se sentó en cuclillas. George movió las latas de frijoles para que se calentaran por el otro lado, fingía no haberse dado cuenta de que Lennie estaba muy cerca de él.

—George —dijo Lennie quedamente.

No recibió respuesta.

—¡George! —repitió.

—¿Qué quieres?

—Era una broma, George. No quiero salsa de tomate, no me la comería aunque la tuviera aquí mismo.

—Si tuviéramos podrías comer un poco.

—Pero no me la comería, George. Te la cedería toda a ti, podrías bañar tus frijoles con la salsa y yo ni siquiera la olería.

George insistía en mirar el fuego.

—Cada vez que pienso en lo bien que estaría sin ti, pierdo el control. No me dejas descansar nunca.

Lennie seguía apoyado sobre sus rodillas. Miró a lo lejos, hacia la penumbra que había del otro lado del río.

—George, ¿quieres que me vaya y te deje solo?

—¿A dónde diablos irías?

—Bueno… podría irme a esas montañas. En algún lugar debe haber una cueva.

—¿Ah sí, eh? ¿Y qué ibas a comer? No tienes sesos suficientes ni para buscar qué comer.

—Algo hallaría, George. No me hace falta buena comida con salsa de tomate. Me acostaría para tomar el sol y nadie me haría daño. Y si me topo con un ratón podría conservarlo, nadie me lo arrebataría.

George volteó a verlo con un gesto rápido e inquisitivo.

—Te he tratado mal, ¿eh?

—Si no me quieres, puedo buscar en las montañas una cueva. Puedo irme ahora mismo.

—No… Mira, Lennie, estaba bromeando. Yo quiero que estemos juntos. Lo malo de los ratones es que siempre terminas matándolos —se detuvo un momento—. Escucha esto. En cuanto pueda, yo te obsequiaré un perrito. Quizá no lo mates y sería mejor que los ratones porque podrías acariciarlo más fuerte.

Lennie esquivó la trampa, algo le decía que tenía las de ganar.

—Si no deseas estar conmigo, solamente dilo e inmediatamente me voy a las montañas, a esas de allá… Subo a las montañas y vivo ahí solo. Y nadie me quitará los ratones.

—Quiero que estemos juntos, Lennie —dijo George—. Por Dios, lo más seguro es que te matarían como a un coyote si vivieras solo. No, tú te quedas conmigo. A tu tía Clara no le gustaba que anduvieras solo, aunque ahora esté muerta.

—Háblame —pidió mañosamente Lennie—, háblame... como lo hacías antes.

—¿Qué te hable de qué?

—De los conejos.

George contestó ásperamente:

—No voy a caer en tu ardid.

—Por favor, George —suplicó Lennie—. Anda, cuéntame George, como lo hacías antes.

—Te gusta mucho escucharlo, ¿eh? Está bien, te lo diré y enseguida vamos a comer.

George habló con voz más grave, recitando las palabras como si las hubiera repetido antes muchas veces.

—Los tipos como nosotros dos, que trabajan en los ranchos, suelen estar solos. No tienen familia ni son de ningún lugar. Llegan a un rancho y trabajan ahí hasta que juntan un poco de dinero, después lo derrochan en la ciudad y no les queda más remedio que deslomarse de nuevo en otro rancho. No tienen ninguna esperanza.

Lennie lo escuchaba entusiasmado.

—Eso es. Ahora háblame de cómo somos nosotros.

George continuó hablando:

—Nosotros somos distintos, tenemos un porvenir, tenemos alguien con quien conversar, alguien que se preocupa de nosotros. No tenemos que ir a ningún lado a tirar el dinero solamente porque no tenemos a donde ir. Si alguno de esos sujetos cae en prisión, bien se puede pudrir ahí porque a nadie le importa. Pero eso no nos sucederá a nosotros.

—¡Pero eso no nos sucederá a nosotros! —interrumpió Lennie—. Dime por qué. Yo sé por qué, porque yo te tengo a ti para cuidarme, y tú me tienes a mí para cuidarte. Por eso —rio sonoramente, complacido—. ¡Sigue, George!

—Lo sabes de memoria, puedes repetirlo solo.

—No, tú dilo. A mí se me olvidan algunas cosas, cuéntame cómo va a ser.

—Está bien, algún día… vamos a juntar el dinero para comprar una cabaña, un pedazo de tierra, una vaca, unos cerdos y…

—¡Y viviremos como reyes! —exclamó Lennie—. Y criaremos conejos. ¡Anda, George!, dime todo lo que vamos a sembrar, sobre los conejos en sus jaulas, los inviernos lluviosos y la estufa, sobre la crema de leche, tan espesa que habría que cortarla. Cuéntamelo todo, anda, George.

—¿Por qué no lo cuentas tú? Ya te lo sabes.

—No, hazlo tú. No es lo mismo si yo lo digo. Anda, George… ¿cómo me vas a dejar cuidar de los conejos?

—Está bien. Vamos a tener un buen sembradío, un criadero de conejos, gallinas. Y cuando lleguen las lluvias en el invierno mandaremos al demonio el trabajo, atizaremos un buen fuego en la estufa, nos sentaremos y escucharemos caer la lluvia sobre el tejado… ¡Bah! ¡Pamplinas! —dijo deteniéndose abruptamente a la vez que sacaba una navaja de su bolsillo—. No tengo por qué estar perdiendo más el tiempo.

Encajó la navaja en una lata de frijoles, la abrió y se la pasó a Lennie. Enseguida abrió una segunda lata. Sacó una cuchara del otro bolsillo y también se la dio.

Los dos se sentaron a un lado del fuego y se llenaron la boca con frijoles, masticando enérgicamente. Unos cuantos frijoles escurrieron de la boca de Lennie y cayeron por su mentón. George le apuntó con la cuchara.

—Dime, ¿qué vas a decir mañana cuando el patrón te pregunte algo?

Lennie paró de masticar y se pasó el bocado con fuerza. Contrajo el rostro haciendo un esfuerzo por concentrarse.

—Yo... no voy... a decir nada.

—¡Exacto! ¡Eso es, Lennie! Quizá estás mejorando. Ya verás, cuando tengamos ese pedazo de tierra dejaré que cuides de los conejos. Sobre todo si recuerdas las cosas tan bien como lo estás haciendo ahora.

Lennie se sentía orgulloso de sí mismo.

—Por supuesto que soy capaz de recordarlo —afirmó.

George lo señaló de nuevo con la cuchara.

—Oye, Lennie, quiero que te fijes muy bien dónde estamos. ¿Podrás recordar este lugar, verdad? El rancho está a un cuarto de milla hacia allá, siguiendo el río.

—Claro —afirmó Lennie—. Me puedo acordar de eso, ¿acaso no recordé que debo quedarme callado?

—Seguro. Mira, Lennie... si llegas a meterte en líos, como siempre te pasa, quiero que vengas a este sitio y te ocultes en los matorrales.

—Que me oculte en los matorrales —repitió Lennie despacio.

—Sí, que te ocultes en los matorrales hasta que yo venga. ¿Lo recordarás?

—Por supuesto, George. Ocultarme en los matorrales hasta que vengas.

—Pero no te vayas a meter en ningún problema, porque de lo contrario no te dejaré cuidar de los conejos.

George lanzó la lata vacía de frijoles hacia los matorrales.

—No me voy a meter en problemas, George. Voy a quedarme callado.

—Está bien. Ahora trae tu hatillo junto a la hoguera. Será agradable dormir aquí, contemplando el cielo y las hojas. Y no avives el fuego, deja que se apague solo.

Prepararon sus camas sobre la arena. Las llamas se debilitaron junto con la luz. Las ramas sinuosas se ocultaron en la penumbra y solamente un pequeño resplandor iluminaba los troncos más cercanos. Lennie habló desde la oscuridad:

—George, ¿ya te dormiste?

—No, ¿qué quieres?

—Vamos a tener conejos de muchos colores, George.

—Por supuesto que sí —afirmó George adormilado—. Conejos escarlatas, azules y verdes, Lennie. Millones de conejos.

—Conejos muy peludos, George, como los que vimos en la feria de Sacramento.

—Sí, muy peludos.

—Aunque también podría marcharme, George. Y vivir en una cueva.

—O podrías irte al demonio —replicó George—. Ya cállate.

La luz rojiza de las brasas se apagó del todo. En la colina, al otro lado del río, se escuchó el aullido de un coyote y la respuesta de un perro a lo lejos. Las hojas de sicomoro susurraban con la débil brisa nocturna.

CAPÍTULO 3

El barracón, la casa de los trabajadores era una larga construcción rectangular. Adentro, las paredes habían sido blanqueadas con cal y el piso carecía de pintura. En tres de sus muros tenía pequeñas ventanas cuadradas y en el cuarto muro una pesada puerta con cerradura de madera. Pegados a los muros estaban en fila ocho camastros, cinco de manta y los otros tres con su funda de arpillera a la vista. Por encima de cada camastro habían clavado un cajón de manzanas con la abertura hacia el frente de tal manera que lo utilizaban como repisa para guardar los objetos personales del visitante. Estaban repletos de pequeños artículos, jabón y talco, navajas y esas revistas del Oeste que leen los trabajadores de los ranchos, a las que menosprecian pero en las que secretamente confían. También había medicamentos, frasquitos y peines, y de los clavos situados a los lados de los cajones pendían unas cuantas corbatas. Próxima a uno de los muros, estaba una estufa negra de hierro, con una chimenea que subía recta hacia el techo. En el centro del cuarto había una gran mesa cuadrada con naipes y cajones alrededor para que se sentaran los jugadores.

A eso de las diez de la mañana un haz de sol cargado de polvo entró por una ventana lateral; las moscas se entrecruzaban dentro del rayo de luz como chispas sin rumbo.

El cerrojo de madera chirrió, la puerta se abrió y entró un viejo alto, de anchos hombros. Llevaba puesta ropa azul ordinaria y en la mano izquierda una escoba de gran tamaño. Detrás de él entró George, y atrás, Lennie.

—El patrón los esperaba desde anoche —dijo el anciano—. Se puso furioso porque vio que no llegaron a tiempo esta mañana para ir a trabajar.

Con el brazo derecho hizo una seña, y de la manga asomó un muñón redondo.

—Pueden ocupar esas dos camas —añadió al señalar dos camastros cercanos a la estufa.

George se acercó a uno de los camastros y arrojó sus mantas sobre el saco de arpillera relleno de paja. Miró el cajón de sus repisas y tomó de ahí una latita amarilla.

—Oye, ¿qué demonios es esto?

—No lo sé —respondió el anciano.

—Aquí dice: "mata eficazmente piojos, cucarachas y otros bichos". Vaya clase de camas que nos dan. No queremos semejantes sabandijas.

El anciano trabajador apoyó la escoba contra su cuerpo, sosteniéndola con el codo para poder estirar la mano y coger la lata. Examinó con detenimiento la etiqueta.

—Te diré lo que pasa —dijo al fin—. El último que usó esta cama era un herrero… un hombre sumamente bueno, y el sujeto más limpio que haya conocido. Acostumbraba lavarse las manos incluso después de comer.

—¿Entonces cómo era que tenía piojos?

George iba enfadándose cada vez más. Lennie puso su hatillo sobre el camastro contiguo y tomó asiento. Miraba a George con la boca abierta.

—Déjame explicarte —respondió el anciano—. Este herrero, creo se llamaba Whitey, era de esa clase de gente que pone veneno aunque no haya bichos, solamente para asegurarse. Te digo que a la hora de la comida solía quitarles a las pa-

pas los puntitos, incluso los más pequeños, antes de comérselas. Y si le servían un huevo con una mancha roja, se la quitaba. Al final se marchó por la comida. Era un sujeto muy… pulcro. Los domingos se vestía de todo a todo, aunque no fuera a ningún lado. Hasta se ponía corbata, y luego se la pasaba sentado aquí.

—Eso no me convence del todo —dijo George—. ¿Por qué razón dices que se marchó?

El anciano metió la lata amarilla en uno de sus bolsillos, y luego se acarició con los nudillos las ásperas canas de la barba.

—Bueno… sencillamente el tipo se marchó como todos. Comentó que era por la comida, pero lo único que deseaba era marcharse. No dijo más que eso: la comida, y nada más. Una noche dijo: "Págueme" y listo, se marchó, igual que hacen muchos.

George levantó la arpillera del camastro y miró por debajo. Se agachó para poder inspeccionar de cerca el colchón. Enseguida, Lennie se incorporó e hizo exactamente lo mismo con su camastro. Al fin, George pareció quedar satisfecho. Desató su hatillo y colocó sus cosas en la repisa: su navaja y su barra de jabón, su peine y el frasco de píldoras, el linimento y su muñequera de cuero. A continuación tendió cuidadosamente la cama con las mantas.

—Me parece que el patrón va a llegar pronto —prosiguió el anciano—. Se enfadó mucho cuando no los vio esta mañana. Entró hasta aquí mientras desayunábamos y dijo: "¿Dónde diantres están esos trabajadores nuevos?". Y luego le riñó también al trabajador del establo.

George alisó con la mano un pliegue de la cama y se sentó.

—¿Al trabajador del establo? —inquirió.

—Sí, claro. Es que el trabajador del establo es un negro.

—¿Negro, eh?

—Sí, es un buen hombre. Tiene la espalda torcida porque un caballo le dio de coces. El patrón se desquita con él cuando se enoja, pero al trabajador del establo eso lo tiene sin cuidado. Lee mucho y tiene libros en su dormitorio.

—¿Qué clase de sujeto es el patrón? —preguntó George.

—Es bueno... bastante bueno. A veces se enfurece, pero no es malo. Déjame decirte que... ¿sabes qué hizo en Navidad? Hizo traer una barrica de *whisky* y dijo: "Beban, muchachos. Solamente una vez al año es Navidad".

—¡Cielos! ¿Una barrica completa?

—Sí, señor. ¡Cómo nos divertimos! Esa noche dejaron que el negro entrara aquí. Había un mulero, un tal Smitty, que riñó con el negro. Tampoco lo hizo tan mal. Los muchachos no le permitieron usar los pies, y por eso el negro lo venció. Smitty dijo que si lo hubieran dejado usar los pies, lo habría matado. Los muchachos dijeron que como el negro tenía la espalda rota, Smitty no debía usar los pies —hizo una pausa para recordar bien—. Después de eso, los muchachos fueron a Soledad y se la pasaron en grande. Yo no pude ir porque mi cuerpo ya no resiste igual.

Lennie estaba por terminar de hacer su cama. El cerrojo de madera chirrió de nuevo y la puerta se abrió. Un hombre pequeño y recio apareció. Llevaba puestos gruesos pantalones azules de algodón, camisa de franela, chaleco negro desabotonado y un abrigo también negro. Había metido los pulgares en el cinturón, cada uno junto a la cuadrada hebilla de acero. Un mugriento Stetson café le cubría la cabeza, y usaba botas de tacón alto con espuelas para demostrar que no era un simple peón.

El anciano de la escoba lo miró rápidamente y enseguida se dirigió, arrastrando los pies, hacia la puerta, mientras se frotaba las patillas con los nudillos.

—Estos dos acaban de llegar —informó, y arrastrando los pies pasó al lado del patrón para salir por la puerta.

El patrón entró en la habitación con los pasos breves y rápidos de un hombre de corta estatura.

—Le escribí a Murray & Ready porque necesitaba dos hombres para esta mañana. ¿Traen las tarjetas de empleo?

George introdujo su mano en el bolsillo, sacó las tarjetas y se las dio al patrón.

—Murray & Ready —continuó el patrón— no tienen la culpa. Ahí ellos dicen bien claro que ustedes tenían que estar aquí por la mañana para ir a trabajar.

George bajó la vista.

—El chofer del autobús nos hizo una jugarreta —explicó—. Tuvimos que andar diez millas. Dijo que ya estábamos muy cerca del rancho, y no era así. No pudimos hallar a nadie que nos trajera para llegar a tiempo esta mañana.

El patrón entornó los ojos.

—Bueno, me vi obligado a enviar los grupos de trabajo con dos hombres menos. No tiene ningún caso que vayan ahora, hay que aguardar la hora de la comida.

De su bolsillo extrajo la libreta donde tomaba nota de las horas de trabajo, abriéndola por donde estaba un lápiz metido entre las hojas. George le lanzó una mirada hostil a Lennie y este movió la cabeza afirmativamente para comunicarle que comprendía. El patrón se pasó la punta del lápiz por la lengua para humedecerla.

—¿Cuál es tu nombre?

—George Milton.

—¿Y tú?

—Su nombre es Lennie Small —respondió George.

Apuntó los nombres en la libreta.

—Veamos, hoy es veinte, veinte a mediodía… —dijo al tiempo que cerraba la libreta—. ¿En dónde han trabajado últimamente?

—Cerca de Weed —dijo George.

—¿Y tú también? —inquirió a Lennie.

—Sí, él también —se adelantó George.

El patrón señaló con un dedo travieso a Lennie.

—No habla mucho, ¿eh?

—No, no mucho. Pero lo cierto es que es útil para trabajar. Es fuerte como un toro.

Lennie esbozó una sonrisa para sí mismo.

—Fuerte como un toro —repitió.

—George lo miró con enojo, y Lennie bajó el rostro apenado porque había olvidado las instrucciones.

El patrón exclamó de repente:

—¡Eh, Small!

Lennie levantó la cabeza.

—Dime, ¿qué es lo que sabes hacer?

Aterrorizado, Lennie miró a George en busca de ayuda.

—Sabe hacer todo lo que le pidan —explicó George—. Sabe conducir bien una yunta de mulas, puede cargar costales, manejar una cosechadora. Puede hacer lo que sea, póngalo a prueba y lo verá.

El patrón se dirigió a George:

—¿Y entonces por qué no dejas que él responda? ¿Me quieres tomar el pelo?

George dijo entonces en voz alta:

—Oh, no es que sea muy inteligente, no lo es. Pero para el trabajo no hay quien compita con él. Puede cargar un costal de doscientos kilos.

El patrón introdujo despacio la libreta en su bolsillo. Metió los pulgares en el cinturón y entrecerró los ojos.

—Oye, ¿a qué estás jugando tú con esto?

—¿Cómo?

—Quiero decir, ¿qué ganas tú con este sujeto? ¿Le quitas la paga?

—No, por supuesto que no. ¿Por qué pregunta eso?

—Bien, nunca he visto a ningún sujeto preocuparse tanto por otro. Solo quisiera saber qué ganas tú con esto, eso es todo.

George contestó:

—Es… es mi primo. Le prometí a su madre que cuidaría de él. Cuando era un niño un caballo le coceó la cabeza, pero no tiene nada. Solo que… no es muy listo. Pero puede hacer todo lo que le manden.

El patrón dio media vuelta para irse.

—Está bien, Dios sabe que no se requiere mucho cerebro para cargar costales de cebada. Pero no intentes engañarme, Milton. Te estaré observando. ¿Por qué se marcharon de Weed?

—Se terminó el trabajo —se apresuró George.

—¿Qué trabajo hacían?

—Nosotros… cavábamos una zanja.

—Muy bien. Pero no intentes tomarme el pelo, porque no lo conseguirás. He conocido muchos bribones. Después de la comida salgan con los grupos de trabajadores, están cargando cebada junto a la trilladora. Vayan con el grupo de Slim.

—¿Slim?

—Sí, un mulero, alto, fornido. Ya lo verán en la comida.

De repente giró y caminó hacia la puerta, pero antes de salir se volvió de nuevo para mirar un momento a los dos hombres.

Cuando dejaron de escucharse sus pisadas, George increpó a Lennie.

—Conque te ibas a quedar callado e ibas a mantener tu bocota cerrada y solamente me ibas a dejar hablar a mí. Qué cerca estuvimos de perder el empleo.

Lennie miró con pena sus enormes manos.

—Se me olvidó, George.

—Sí, se te olvidó. Siempre te sucede, y después yo soy el que tengo que sacarte del apuro —dijo George mientras se sentaba en el camastro—. Ahora nos va a estar vigilando todo el tiempo. Tienes que dejar de hacer tonterías, por lo que ahora vas a mantener bien cerrada la boca.

A continuación guardó silencio, molesto.

—George.

—¿Qué te sucede ahora?

—Ningún caballo pateó mi cabeza, ¿verdad?

—Más vale que hubiera sucedido así —respondió George malicioso—. Nos hubiéramos ahorrado muchos malos momentos.

—Dijiste que yo era tu primo, George.

—Pues es mentira, y me alegro porque si fueras mi pariente me daría un tiro.

De pronto dejó de hablar, se aproximó a la puerta abierta y echó un vistazo hacia afuera.

—Oye tú, ¿qué diablos haces ahí escuchando?

El viejo entró despacio en el dormitorio, con la escoba en la mano. Junto a él caminaba trabajosamente un perro ovejero de hocico gris y decrépitos ojos ciegos. El perro cojeó hasta una de las esquinas de la habitación y se acostó, gruñía quedamente y se lamía bajo el pelaje enmarañado la piel llena de sarna. El barrendero lo siguió con la mirada hasta que hubo terminado de acostarse.

—No estaba escuchando, solamente me detuve en la penumbra para rascar al perro. Acabo de terminar de barrer los lavaderos.

—No, de seguro oías lo que decíamos —insistió George—. No me gustan los entrometidos.

El viejo, perturbado, miró a George y a Lennie, y de nuevo a George.

—Acababa de llegar —replicó—. No escuché nada, no me interesa nada de lo que digan. En un rancho no se escucha lo que dicen los demás y tampoco se hacen preguntas.

—Claro que no —dijo George, ya más calmado—. Quien lo llega a hacer no dura mucho.

Pero los argumentos del barrendero ya lo habían apaciguado.

—Pasa y toma asiento un minuto —invitó—. Ese perro es más viejo que el diablo.

—Sí, está conmigo desde que era un cachorro. Vaya que era un muy buen ovejero cuando era joven.

Apoyó la escoba en la pared y frotó con los nudillos su canosa barba desaliñada.

—¿Qué impresión te dio el patrón? —preguntó.

—Bastante buena, parece que es un buen sujeto.

—Es un buen sujeto —reafirmó el anciano—. Solo hay que saberlo tratar.

En ese instante entró un hombre joven y flaco, de cara bronceada, ojos color café y cabello rizado. Llevaba la mano izquierda enfundada en un guante de trabajo y, al igual que el patrón, utilizaba botas de tacón alto.

—¿Han visto a mi padre? —preguntó.

—Hace unos momentos estaba aquí, Curley —respondió el barrendero—. Creo que se dirigió a la cocina.

—Voy a alcanzarlo —dijo Curley. Con la mirada recorrió a los dos hombres nuevos y entonces se detuvo. Miró con rudeza a George y luego a Lennie. Poco a poco dobló los brazos y apretó los puños. Se inclinó hacia adelante, tensando el cuerpo. Sus ojos calculaban y miraban agresivamente. Lennie se sentía incómodo bajo esa mirada y comenzó a mover los pies, nervioso. Despacio, Curley se acercó a él.

—¿Son ustedes los trabajadores que esperaba mi padre?

—Sí, acabamos de llegar —respondió George.

—Deja que conteste el grandote.

Lennie se encogió perturbado, y George dijo:

—¿Y si no desea hablar?

Curley se volvió como si le hubieran dado un latigazo.

—Por Dios, tiene que contestar cuando le hablan. ¿Por qué te metes?

—Vinimos juntos —contestó George serio.

—Ah, conque esas tenemos, ¿eh?

Nervioso, George permaneció inmóvil.

—Sí, así es.

Lennie miraba desconsolado a George esperando sus indicaciones.

—Y no dejas que hable el grandote, ¿verdad?

—Puede hablar, si quiere decir algo —con un movimiento sutil de cabeza, autorizó a Lennie.

—Acabamos de llegar —susurró Lennie.

Curley lo miró fijamente.

—Bueno, la próxima vez contéstame cuando me dirija a ti.

Se volvió hacia la puerta y se marchó, con los codos todavía algo flexionados.

George lo observó mientras se alejaba, y luego dijo al barrendero:

—Oye, ¿qué demonios le sucede a ese sujeto? Lennie no le hizo nada.

El viejo miró con cautela la puerta para estar seguro de que nadie los escuchaba.

—Es el hijo del patrón —respondió en voz baja—. Es muy peleonero. Ha boxeado mucho, es peso ligero y bastante picapleitos.

—Es su problema si es peleonero —repuso George—, pero no debe meterse con Lennie. Él no le ha hecho nada. ¿Qué tiene en su contra?

El barrendero pensó un momento.

—Bueno, déjame decirte que Curley es como muchos hombres pequeños: odia a los grandotes. No hace otra cosa más que buscar pleito con ellos, como si tuvieran la culpa de que no sea grande. De seguro has conocido sujetos así, ¿verdad? Siempre buscando pleitos.

—Por supuesto —dijo George—. He conocido muchos. Pero más vale que este Curley no se meta con Lennie. Él no es peleonero, pero si se mete con él se va a arrepentir.

—Bueno, Curley es muy peleonero —dijo de nuevo con sarcasmo el barrendero—. Siempre pensé que eso no era justo. Supongamos que Curley se enfrenta con un grandote y lo vapulea. Todo el mundo dirá que Curley es muy valiente. Pero supongamos que pasa lo mismo y es el grandote quien lo vapulea, entonces todos pensarán que el grandote debió haberse puesto con uno de su tamaño, e incluso le podrían dar una paliza entre todos. Nunca estuve de acuerdo. Es como si Curley siempre tuviera ventaja.

George vigilaba la entrada. Y como si lo presagiara, dijo:

—Bueno, que se cuide de Lennie. Él no es un boxeador, pero es fuerte y ágil, y pelea sin reglas.

Fue hacia la mesa cuadrada y tomó asiento en uno de los cajones. Cogió algunas cartas y las barajó.

El anciano se sentó en otro cajón.

—No vayas a comentar con Curley nada de esto. Me mataría. A él nada le importa, y nunca lo van a escarmentar porque es hijo del patrón.

George cortó el mazo de cartas, comenzó a voltearlas para verlas y luego las arrojó formando una pila.

—Ese Curley —opinó— parece que es un tipo ruin. No me gustan los chicos malos.

—Creo que a últimas fechas ha empeorado —agregó el barrendero—. Hace dos semanas se casó. Su mujer vive en la casa del patrón. Y desde que se casó se comporta más gallito.

—Quizá busca pavonearse frente a su mujer.

El anciano prosiguió al notar que sus chismes despertaban interés.

—¿Notaste el guante que llevaba puesto en la mano izquierda?

—Sí, lo noté.

—Bueno, en ese guante lleva vaselina.

—¿Vaselina? ¿Para qué?

—Déjame contarte... Curley dice que quiere tener esa mano suave para su mujer.

George analizaba las cartas como si estuviera absorto en ellas.

—Qué vergüenza que ande ventilando esas cosas —pronunció.

El anciano quedó satisfecho, había conseguido que George emitiera un juicio. Ahora se sentía mucho más seguro, así que habló con más familiaridad.

—Aguarda a que conozcas a la mujer.

George cortó varias veces la baraja, y extendió despacio, con cuidado, un solitario.

—¿Guapa? —preguntó casualmente.

—Sí, guapa… pero…

—¿Pero qué?

—Bueno, anda buscando la oportunidad.

—¿Ah, sí? ¿Apenas tiene un par de semanas de casada y anda buscando? Quizás por eso Curley está tan nervioso.

—Yo la he visto provocar a Slim, un mulero. Es buena persona, él no necesita botas de tacón alto para dominar a las mulas. La he visto buscarlo. Curley no sabe nada. Y también la he visto buscar a Carlson.

George pretendió no estar interesado en lo que decía.

El anciano se levantó de su asiento.

—¿Sabes qué pienso? —George permaneció en silencio—. En fin, que Curley se ha casado con una... una mujer fácil.

—No es el único —dijo George—. Muchos han estado en la misma circunstancia.

El barrendero se dirigió hacia la entrada; su lastimero perro irguió la cabeza, miró alrededor y al fin se levantó trabajosamente para seguir a su amo.

—Tengo que llenar los lavamanos para los muchachos. Los grupos de trabajo volverán pronto. ¿Van a cargar cebada?

—Sí.

—¿No le dirás a Curley lo que te he contado?

—No, ¡diantres!

—Bueno, obsérvala bien cuando la veas. Verás que es cierto lo que te digo.

El anciano atravesó la puerta hacia la intensa luz del sol.

George extendió las cartas, pensativo. Dio vuelta a los tres grupos de naipes y colocó cuatro cartas de bastos sobre el as. El sol caía en el piso de la entrada, y las moscas iban y venían como centellas bajo su luz. Afuera se escuchó el tintineo de los arneses y el chirriar de ejes con carga pesada. A lo lejos gritaron:

—¡Peón de establo! ¡Peóóóón! — Y enseguida—: ¿Dónde demonios se ha metido ese condenado negro?

George analizó las posibilidades de su solitario; después reunió las cartas y se giró hacia Lennie. Este estaba recostado en su camastro, mirándolo.

—Oye Lennie, esto no me gusta, tengo miedo. Te vas a meter en un problema con ese tal Curley. Ya he visto antes a otros tipos como él. Te estuvo calando y ahora piensa que le temes; en cuanto tenga la oportunidad te va a dar un golpe.

Lennie, con miedo en los ojos, se lamentó:

—No quiero problemas. No dejes que me golpee, George.

George se incorporó, fue hasta la cama de Lennie y tomó asiento.

—Me molestan esos sujetos. He conocido a muchos como él. Bien dijo el anciano que Curley nunca lleva las de perder, siempre sale ganando. —Reflexionó un momento—. Si se mete contigo, Lennie, nos van a meter a la cárcel. De eso puedes estar seguro. Es el hijo del dueño. Escúchame, procura mantenerte siempre alejado de él, ¿entendiste? Nunca le hables. Si viene por aquí, tú te vas hasta el otro extremo de la habitación. ¿Lo harás?

—No quiero problemas —se quejó Lennie—. Yo no le he hecho nada.

—Sí, pero de nada sirve si Curley quiere hacerse el boxeador. Tienes que rehuirle, ¿lo recordarás?

—Seguro, no diré ni una sola palabra.

Cada vez se escuchaba más cerca al grupo de trabajadores: el ruido de los cascos golpeando contra el suelo, el rechinido de los frenos y el tintineo de las cadenas de tiro. Los hombres se hablaban entre sí. George reflexionaba con el entrecejo fruncido, sentado en la cama junto a Lennie. Este al fin le preguntó tímidamente:

—¿Estás molesto, George?

—No contigo, estoy enojado con ese perro de Curley. Esperaba que pudiéramos juntar un poco de dinero… quizá cien dólares. —Y luego dijo enfático—: Mantente alejado de Curley.

—Por supuesto, George. No diré nada.

—No riñas, aunque te provoque… pero si ese hijo de perra te pega, contéstale.

—¿Contestarle qué, George?

—Nada. No te preocupes, ya te lo diré. Me enervan los sujetos como él. Escucha Lennie, si te metes en problemas, ¿te acuerdas lo que te dije que hicieras?

Lennie se levantó un poco apoyándose en el codo. Gesticuló en su esfuerzo por pensar.

—Si me meto en problemas, no me dejarás cuidar de los conejos...

—No quiero decir eso. ¿Te acuerdas dónde dormimos anoche? ¿Al lado del río?

—Sí, lo recuerdo. ¡Vaya que lo recuerdo! Debo ir a ese lugar y ocultarme en el matorral.

—Quédate oculto hasta que yo llegue. No dejes que nadie te vea, escóndete en el matorral que está junto al río. Ahora, dilo tú.

—Me oculto en el matorral junto al río, en el matorral junto al río.

—Si te metes en problemas.

—Si me meto en problemas.

Afuera chirrió el freno de una máquina. De nuevo gritaron:

—¡Peón de establo! ¡Eh, peón!

George repitió:

—Vuelve a decirlo en voz baja, Lennie, hasta que no lo olvides.

Ambos hombres alzaron la mirada porque alguien estaba obstruyendo la luz del sol que entraba por la puerta. Había una mujer parada ahí, mirando hacia dentro. Llevaba pintados los gruesos labios y sobremaquillados los ojos separados. Las uñas estaban pintadas de rojo y el cabello peinado en bucles como salchichas. Llevaba puesto un vestido de diario de algodón y también sandalias rojas adornadas con ramilletes de plumas rojas de avestruz.

—Ando buscando a Curley —dijo. Su voz era chillona, frágil.

George apartó la mirada de la mujer, y enseguida volvió a mirarla.

—Hace poco estuvo aquí, pero ya se fue.

—¡Oh!

Colocó sus manos detrás de la espalda y se recargó contra el marco de la puerta para que su figura se adivinara por debajo de la ropa.

—¿Son los dos trabajadores nuevos que acaban de llegar?

—Sí.

La mirada de Lennie recorrió de arriba a abajo el cuerpo de la mujer, y aunque ella parecía no darse cuenta se enderezó más. Y mientras se miraba las uñas, dijo:

—Algunas veces Curley está aquí adentro.

—Sí, pero ahora no se encuentra —interrumpió George con rudeza.

—Así es, supongo que será mejor buscarlo en otro lado —dijo coqueta.

Absorto, Lennie la miraba. George dijo:

—Si lo llego a ver, le diré que usted vino a buscarlo.

La mujer sonrió un poco y se inclinó.

—Nadie se enoja porque lo busquen —dijo con sarcasmo.

Detrás de ella se oyeron unas pisadas que pasaron de largo. La mujer volteó.

—Qué tal, Slim —dijo.

La voz de Slim se alcanzó a escuchar afuera.

—Qué tal.

—Estoy buscando a Curley, Slim.

—Sí, pero al parecer no lo busca con muchas ganas. Acabo de ver que entró en su casa.

La mujer pareció estar ansiosa de repente.

—Nos vemos, muchachos —dijo, y luego se marchó a toda prisa.

George volteó a ver a Lennie.

—Dios, qué fichita —comentó—. Así que eso fue lo que Curley se buscó para esposa.

—Es bonita —reparó Lennie.

—Sí, y no lo disimula. Curley va a sufrir dolores de cabeza. Apuesto a que por veinte dólares ella lo mandaría a volar.

Lennie continuaba mirando la puerta donde había estado la mujer.

—¡Cielos, qué bonita!

Sonrió complacido. George le lanzó una mirada rápida y enseguida lo tomó por la oreja y lo zarandeó.

—Escucha lo que te digo, idiota —lo reprendió con fuerza—. Ni siquiera se te ocurra mirar a esa cualquiera. No me importa lo que diga o haga. He conocido a algunas peligrosas, pero esta es puro veneno, una trampa para ir a dar a prisión. Déjala en paz.

Lennie hizo intentos por liberar su oreja.

—No hice nada, George.

—No, nada. Pero cuando estaba en la puerta mostrando las piernas, no dejabas de verla, ¿eh?

—No quise hacer nada malo, George. De verdad.

—Bueno, cuídate de ella porque es un peligro. Deja que Curley se las arregle solo. Él mismo picó el anzuelo. Guante con vaselina… —añadió George con desdén—. Y seguramente también come huevos crudos y encarga tónicos.

Lennie dijo de repente:

—No me agrada este sitio, George. No es un buen lugar, quiero marcharme de aquí.

—Es preciso aguantar hasta que reunamos dinero, no podemos evitarlo, Lennie. Nos marcharemos tan pronto como podamos. A mí tampoco me gusta. —Regresó a la mesa y dispuso los naipes para un nuevo solitario—. No —dijo de nuevo—, no me gusta. Si pudiera, ahora mismo me marcharía. En cuanto podamos reunir unos cuantos dólares partiremos hacia río Americano a buscar oro. Ahí podremos ganar unos dos dólares al día y tal vez hallar una veta de pepitas.

Lennie se acercó ansioso.

—Anda, George. Vámonos de aquí ahora, este lugar es malo.

—Tenemos que quedarnos —dijo George de tajo—. Y ya cállate. Los trabajadores llegarán en cualquier momento.

De los lavamanos cercanos llegaba el ruido de agua y de trastes. George observó sus cartas.

—Quizá deberíamos lavarnos —dijo—, aunque no nos hemos ensuciado todavía.

Un hombre alto apareció en la entrada. Llevaba sujeto un sombrero Stetson bajo el brazo y mesaba con sus dedos la larga cabellera negra y húmeda. Al igual que los demás, traía puestos unos pantalones vaqueros y una chaqueta corta de estameña. Una vez que terminó de peinarse entró en la habitación, poseía los movimientos elegantes que solo se ven en la realeza o en un mago artífice. Era un mulero, el líder del rancho; podía conducir diez, dieciséis, incluso veinte mulas con una sola rienda hasta el abrevadero, y podía matar una mosca parada en el anca de una mula sin rozarle un pelo. Había una solemnidad en sus maneras y una calma tan profunda, que toda conversación se diluía cuando él hablaba. Tan grande era su autoridad, que su opinión sobre cualquier tema se consideraba indiscutible, ya fuera de política o de amor. Ese era Slim, el mulero. Su rostro delgado no tenía edad. Podía tener treinta y cinco o cincuenta años. Su oído escuchaba más de lo que se le decía, y su habla sosegada tenía tonos ocultos que iban más allá del pensamiento. Sus manos, grandes y esbeltas, se movían con la delicadeza de una bailarina.

Se acomodó el sombrero estrujado, le hizo un hueco en el medio y se lo puso. Miró amable a los dos hombres que estaban en la habitación.

—Hace un sol de los mil diablos allá afuera —dijo apaciblemente—. Apenas puedo ver aquí adentro. ¿Ustedes son los nuevos?

—Acabamos de llegar —respondió George.

—¿Van a cargar cebada?

—Eso es lo que dice el patrón.

Slim tomó asiento en un cajón junto a la mesa, frente a George. Observó con atención el solitario, sin importar que los naipes estuvieran de cabeza.

—Ojalá vayan conmigo —añadió con voz tranquila—. Hay un par de tontos en mi grupo que no saben diferenciar un costal de cebada de una planta de espinas. ¿Han cargado cebada alguna vez?

—Vaya que sí —afirmó George—. Yo no puedo pavonearme mucho, pero este grandote puede cargar más costales de cereal de lo que cargan dos hombres.

Lennie, que había seguido la charla de ambos hombres con la mirada, sonrió satisfecho por el halago. Slim vio con aprobación a George por haber hablado así de su compañero, se inclinó sobre la mesa y chasqueó la esquina de un naipe.

—¿Viajan juntos? — Su voz era amistosa, inspiraba confianza sin exigir respuestas.

—Seguro —repuso George—. Nos cuidamos uno al otro —señaló a Lennie con el pulgar—. Él no es muy listo, pero trabaja como un burro. Es un buen hombre, pero no tiene cerebro. Ya lleva tiempo que lo conozco.

Slim vio a George con su mirada profunda.

—Son pocos los hombres que viajan juntos —murmuró—. No sé el motivo, tal vez le temen a los demás en este endiablado mundo.

—Es mucho mejor viajar con un amigo —opinó George.

Un hombre corpulento, de vientre abultado, entró en la habitación. Todavía le escurría por la cabeza el agua con la que se había lavado.

—Qué tal, Slim —saludó; después se detuvo y miró a George y a Lennie.

—Acaban de llegar —dijo Slim como para presentarlos.

—Carlson, para servirles —dijo el hombre.

—Yo soy George Milton. Él es Lennie Small.

—Mucho gusto —volvió a decir Carlson—. Slim, quería preguntarte… ¿cómo está la perra? Noté que no iba con tu vehículo esta mañana.

—Parió anoche —informó Slim—. Nueve cachorros. Ahogué cuatro enseguida. Ella no podría criar tantos.

—Quedaron cinco, ¿no es así?

—Sí, cinco. Le dejé los más grandes.

—¿Qué tipo de perros son?

—No estoy seguro —respondió Slim—. Una especie de ovejeros, creo. De esa clase merodeaban más por aquí cuando la perra andaba en celo.

Carlson prosiguió:

—Cinco cachorros, ¿eh? ¿Te los vas a quedar todos?

—No lo sé. Tengo que dejarlos un tiempo para se críen con la leche de *Lulú*.

Carlson dijo en tono pensativo:

—Bueno, mira Slim, he estado pensando. El perro de Candy ya está tan viejo que a duras penas es capaz de caminar. Además, apesta a mil demonios. Cada vez que entra aquí su olor impregna el lugar durante dos o tres días. ¿Por qué no convences a Candy de que lo mate y a cambio le obsequias uno de los cachorros para que lo críe? Ese perro apesta, puedo olerlo a un kilómetro. Ya no tiene dientes y casi está ciego. No puede comer y Candy le tiene que dar leche porque no puede masticar.

George había estado observando con atención a Slim. De repente comenzó a tintinear afuera un triángulo, al inicio despacio y luego cada vez más deprisa, hasta que el sonido se extinguió en una larga resonancia. Había cesado tan rápido como comenzó.

—Ya está ahí —avisó Carlson.

Afuera estallaron las voces de los hombres al pasar.

Slim se levantó despacio, con dignidad.

—Deberían venir mientras todavía haya algo de comida. No va a quedar nada en dos minutos.

Carlson se hizo a un lado para que Slim pasara primero, y luego los dos cruzaron la puerta.

Lennie miraba a George con emoción. George juntó todos los naipes en desorden.

—Sí, sí —dijo—. Ya lo oí Lennie, le pediré uno.

—Uno blanco y pardo —pidió Lennie.

—Anda, tenemos que ir a comer. No sé si tenga uno de ese color.

Lennie se movió inquieto en su camastro.

—George, pídeselo ahora mismo para que no mate a ninguno de los que le quedan.

—Seguro. Ahora, vamos.

Lennie se deslizó de su camastro y se puso de pie. Ambos echaron a andar hacia la puerta. Cuando estaban por llegar, Curley apareció sorpresivamente.

—¿Han visto por aquí a una chica? —preguntó enfurecido.

—Alrededor de hace media hora —respondió George secamente.

—¿Qué diablos andaba haciendo?

George no se movió, observaba al furioso hombrecito. Al final contestó con aplomo:

—Dijo… que lo andaba buscando a usted.

Parecía como si Curley viera por primera vez a George. Sus ojos centellearon sobre él, midiendo su estatura, el alcance de sus brazos, su pecho firme.

—Bueno, ¿y hacia dónde se fue? —preguntó al fin.

—No lo sé —repuso George—. No vi cuando se fue.

Curley frunció el ceño, se volvió sobre de sí y se marchó a toda prisa.

—¿Sabes, Lennie? —dijo George—, tengo miedo de pelearme yo mismo con ese desgraciado. Lo odio, ¡Santo Cielo! Camina, que no va a quedar nada de comer.

Salieron del barracón. El sol dibujaba una línea delgada bajo la ventana. A lo lejos se escuchaba un ruido de platos.

Después de un momento, el viejo perro entró por la puerta caminando trabajosamente. Miró a su alrededor con ojos dulces, que ya casi no veían. Olfateó un poco, después se acostó sobre el piso y descansó la cabeza entre las patas. Curley se asomó de nuevo por la puerta y echó un vistazo adentro. El perro levantó la enmarañada cabeza, y la volvió a bajar cuando Curley se alejó.

CAPÍTULO 4

A pesar de que se podía ver la luz del atardecer a través de las ventanas del barracón de los trabajadores, adentro estaba oscuro. Por la puerta entraban sonidos de golpes secos y algunos repiqueteos de herraduras. A veces se elevaba el volumen de las voces, que celebraban o se burlaban de las jugadas.

Slim y George entraron juntos en el cuarto en penumbras. Slim estiró la mano para encender la lámpara sobre la mesa de los naipes. Inmediatamente la mesa se iluminó y el cono de la pantalla emitió hacia abajo su luz, dejando todavía a oscuras las esquinas de la habitación. Slim se sentó en una caja y George se sentó delante de él.

—No es nada —dijo Slim—. De todas maneras iba a ahogar a casi todos. No tienes por qué agradecerme.

—Quizás no sea mucho para ti —convino George—, pero para él es algo muy importante. Por Dios, no me imagino cómo vamos a lograr que duerma aquí. De seguro va a querer ir a acostarse al granero con los perros. Va a ser difícil evitar que se meta en el cajón con los demás cachorros.

—No es nada —repitió Slim—. Oye, lo cierto es que tenías razón acerca de ese hombre. Quizás no sea listo, pero nunca he visto a otro que trabaje como él. Casi mata a su compañero de tanto cargar costales. Nadie le puede seguir el paso. Por Dios, jamás había visto a un sujeto tan fuerte.

George dijo con orgullo:

—Solamente hay que decirle a Lennie qué tiene que hacer, y lo hace, siempre y cuando no tenga que pensar. No puede pensar por sí mismo, pero hace lo que se le ordena.

Afuera se escuchó el golpe de una herradura sobre la estaca de metal y a continuación un vocerío entusiasmado.

Slim se reclinó ligeramente hacia atrás para evitar que la luz le diera en el rostro.

—Es extraño que tú y él vayan juntos —dijo serenamente, invitando a confiar en él.

—¿Qué hay de extraño en eso? —replicó George a la defensiva.

—Oh, no lo sé. Casi todos viajan por su cuenta. Casi nunca he visto a dos hombres que viajen acompañándose. Ya sabes cómo son: se aparecen en un rancho, les dan dónde dormir, trabajan un mes, luego se fastidian y se marchan solos, como llegaron. Al parecer no les importa nadie. Por eso digo que es extraño que un loco como él y un hombre tan inteligente como tú anden juntos.

—No, no está loco —dijo George—. Es un asno, pero no está loco. Yo tampoco soy tan listo, si lo fuera no estaría cargando cebada por cincuenta dólares y comida. Si fuera inteligente, si tan solo lo fuera un poco, tendría mi granja y estaría recogiendo mis cosechas en lugar de hacer todo el trabajo y no ser dueño de nada.

George guardó silencio. Deseaba hablar. Slim no lo alentaba, pero tampoco hacía lo opuesto. Seguía echado hacia atrás, inmóvil y receptivo.

—No es tan extraño que él y yo estemos juntos —confesó al fin—. Ambos nacimos en Auburn. Yo conocía a la tía de Lennie, Clara, que lo adoptó cuando era un niño y lo crió. Al fallecer la tía Clara, Lennie me acompañó a trabajar.

Con el paso del tiempo nos hemos acostumbrado a estar juntos.

—Umm —dijo Slim.

George levantó la vista para mirar a Slim y vio
sus ojos serenos, ojos de Dios, posados sobre él.

—Es curioso —prosiguió George—. Antes
solía divertirme a sus costillas, jugarle malas pasa-
das, porque era muy estúpido para darse cuenta.
Era tan imbécil que ni siquiera se daba cuenta de que le habían hecho una broma. Diablos,
cómo me divertía yo. A su lado me sentía como
el hombre más inteligente del mundo. ¿Y de qué
otra manera podía ser si él hacía todo lo que le
pedía? Si le decía que se arrojara a un precipicio,
lo hacía. Pero después de un tiempo ya no fue
tan divertido. Nunca se enojaba conmigo. Lo he
golpeado hasta cansarme, y él fácilmente podría
romperme con una mano todos los huesos si así
lo quisiera, pero nunca me ha tocado ni con un
dedo. —La voz de George parecía entrar en con-
fidencia—. Te diré qué fue lo que me hizo cambiar. Un día estábamos con unos sujetos junto al
río Sacramento. Yo me consideraba muy listo. Y
entonces le digo a Lennie: "Salta al río". Y él se
aventó. No sabía nadar. Casi se ahogó antes de
que pudiéramos sacarlo del agua. ¡Y estaba tan

agradecido conmigo por haberlo salvado! Se olvidó de que había sido yo quien le dijo que se arrojara al agua. En fin, a partir de entonces no he vuelto a hacer cosas así.

—Es un buen hombre —reconoció Slim—. No se requiere de cerebro para ser bueno. Y a veces creo que es lo contrario. Casi nunca un tipo muy listo es un hombre bueno.

George juntó los naipes que estaban en desorden sobre la mesa y comenzó a extender su solitario. Afuera las herraduras caían pesadamente sobre el suelo. El resplandor del atardecer aún iluminaba las ventanas.

—Yo no tengo familia —comentó George—. He observado a los trabajadores que andan solitarios en los ranchos. Eso no es bueno. No se divierten nada y después de un tiempo se vuelven ruines. Y, por lo general, siempre andan buscando pelea.

—Sí, se vuelven ruines —asintió Slim—. Tanto que con el tiempo ya no les gusta hablar con nadie.

—Claro que Lennie casi siempre es un estorbo, un tarado —continuó George—. Pero uno se acostumbra a la compañía de otro tipo y luego ya no lo puede dejar.

—Eso no es malo —dijo Slim—. A leguas se nota que Lennie no es malo para nada.

—Por supuesto que no es malo. Pero siempre está metiéndose en problemas por su increíble estupidez… Como le ocurrió en Weed.

Guardó silencio, su mano a punto de voltear una carta se quedó inmóvil. Parecía asustado y luego miró detenidamente a Slim.

—¿Se lo dirás a alguien?

—¿Qué hizo en Weed? —inquirió Slim tranquilo.

—¿No lo dirás?… No, de seguro no lo harás.

—¿Qué hizo en Weed? —preguntó de nuevo Slim.

—Bueno, vio a aquella chica de vestido rojo. El muy estúpido quiere tocar todo lo que le gusta, solo tocarlo un poco. Así que estiró la mano para poder tocar el vestido y la muchacha gritó. Lennie se asustó y no pudo soltar el vestido porque era lo único en lo que podía pensar. En fin, la muchacha gritó mucho. Yo estaba cerca y la escuché, fui corriendo y para entonces Lennie era presa del pánico y no podía soltarla. Para que la soltara, lo golpeé en la cabeza con un palo de alambrada. Tenía tanto miedo que no podía soltar el vestido, y además es tan fuerte como un toro, sabes.

Slim no le quitaba de encima la mirada a George, ni siquiera parpadeaba. Despacio, asintió con la cabeza.

—¿Qué sucedió después?

George formó con cuidado la línea de cartas para su solitario.

—La muchacha corrió a decirle a todos que se habían aprovechado de ella. Entonces los hombres de Weed buscaron a Lennie para lincharlo. Nos ocultamos el resto del día en una zanja de riego, bajo el agua. Nuestras cabezas apenas asomaban por encima del agua, ocultos bajo la hierba que crecía al lado de la zanja. Al anochecer salimos huyendo de ese lugar.

Slim se quedó callado unos instantes.

—¿Le hizo algún daño a la muchacha? —preguntó al fin.

—No, para nada. La asustó, eso fue todo. Yo mismo me asustaría si me agarrara, pero no la lastimó. Solamente quería tocarle el vestido, de la misma forma que le gusta acariciar a esos cachorros.

—No es un hombre malo —volvió a decir Slim—. Cualquiera puede notarlo.

—Por supuesto que no lo es, y además es capaz de hacer cualquier cosa que yo…

Lennie entró en la habitación. Llevaba sobre los hombros su chaqueta de estameña azul a manera de capa y caminaba encogido, con los hombros encorvados.

—Hola, Lennie —dijo George—. ¿Qué te parece el cachorro?

Lennie dijo en un susurro:

—Es como lo quería, blanco y pardo.

Se dirigió directamente a su cama, se acostó, volvió el rostro hacia la pared y encogió las rodillas.

George dejó despacio las cartas sobre la mesa.

—Lennie —dijo enérgicamente.

Lennie giró el cuello y lo miró por encima del hombro.

—¿Eh, qué sucede George?

—Ya te dije que no debes traer a este lugar ese cachorro.

—¿De qué cachorro hablas, George? No tengo nada.

George rápidamente se le acercó, lo asió por el hombro y lo hizo voltearse en la cama. Se agachó y cogió el cachorrito que Lennie había estado tratando de esconder en la barriga.

Lennie se sentó deprisa.

—Dámelo, George.

—Ahora mismo te levantas y lo llevas con los demás cachorros —ordenó George—. Tiene que dormir con su madre. ¿Quieres matarlo? Acaba de nacer y ya lo quieres separar de la perra. Lo regresas a su lugar o le digo a Slim que ya no te lo dé.

Lennie juntó sus manos, suplicando.

—Dámelo, George. Lo llevaré enseguida. No quería lastimarlo, George, de verdad que no. Solamente quería acariciarlo un poco.

George le entregó el perrito.

—Está bien. Llévalo inmediatamente y ya no lo saques. Si te descuidas un poco, lo vas a matar.

Lennie salió a toda prisa.

Slim seguía inmóvil. Sus ojos tranquilos siguieron a Lennie mientras salía.

—¡Dios mío! —exclamó—. Es como un niño, ¿no es así?

—Por supuesto que es como un niño. Y no tiene nada de malo, solo que es demasiado fuerte. Te aseguro que esta noche no va a dormir aquí, lo va a hacer junto al cajón en el granero. Qué más da, ahí no hace daño.

La negrura de la noche era casi absoluta. El anciano Candy, el barrendero, entró para ir a su camastro, y detrás de él lo siguió su viejo y fiel perro.

—Hola, Slim. Hola, George. ¿No juegan a las herraduras?

—No me agrada jugar todas las noches —replicó Slim.

—¿Alguno de ustedes tiene un poco de *whisky*? Me duele el estómago.

—Yo no —respondió Slim—. Si lo tuviera me lo bebería, y no me duele nada.

—A mí me duele mucho —se lamentó Candy—. Esos malditos nabos me cayeron mal. Lo sabía incluso antes de comérmelos.

Carlson, el robusto, entró del patio en penumbras. Se dirigió hasta el otro extremo de la habitación y encendió la segunda lámpara.

—Esto está más oscuro que el infierno —comentó—. Por Dios, qué manera de ensartar herraduras tiene ese negro.

—Juega muy bien —opinó Slim.

—Ya lo creo —asintió Carlson—. Es invencible.

Se detuvo y olió el aire. Y volviendo a oler, bajó la vista hacia el perro.

—Santo Cielo, cómo apesta ese decrépito perro. ¡Sácalo de aquí, Candy! No hay nada más apestoso que un perro viejo. Tienes que llevártelo.

Candy se volvió hasta la orilla de su cama. Estiró una mano hacia abajo, le dio palmaditas al perro y después se disculpó:

—Estoy tanto tiempo con él que no lo huelo.

—Bueno, pero yo no lo soporto —dijo Carlson—. Ese olor se queda impregnado aun después de que se haya ido el animal.

Se acercó al perro con sus piernas pesadas para mirarlo de cerca.

—Ya no tiene dientes —continuó—. Y está rígido por el reumatismo. Ya no te sirve para nada, Candy. Y él sufre mucho, ¿por qué no lo matas?

—Es que… demonios, hace mucho que está conmigo. Desde que era un cachorro. Cuidaba ovejas con él —y agregó con orgullo—: Nadie lo creería al verlo ahora, pero este perro solía ser el mejor ovejero que jamás haya visto.

—En Weed —intervino George— conocí a un hombre que cuidaba ovejas con un perro ratonero. Había aprendido a hacerlo al mirar a los demás perros.

Carlson no iba a permitir que cambiaran de tema.

—Oye, Candy, este perro solamente está sufriendo. Si lo sacaras y le dieras un tiro en la nuca... —se agachó para señalar dónde—, aquí mismo, no sentiría nada.

Candy miró alrededor como esperando lo peor.

—No —replicó débil—. No sería capaz, ha estado conmigo desde hace mucho tiempo...

—Pero si solamente está sufriendo —insistió Carlson—. Y apesta a mil diablos. Escucha, yo lo mataré, así no tendrás que hacerlo tú.

Candy sacó sus piernas enjutas del camastro y se rascó con ansiedad las canas de su mejilla.

—Estoy muy acostumbrado a que me acompañe —dijo débilmente—, desde que era un cachorro...

—Pero no le ayudas en nada dejándolo vivo —dijo una vez más Carlson—. Oye, la perra de Slim acaba de parir. Seguramente te regalaría un cachorro, ¿verdad, Slim?

El mulero había estado observando al viejo perro con sus ojos serenos.

—Sí —asintió—. Si así lo desea, Candy puede llevarse uno de los cachorros. —Pareció aclarar sus ideas—. Carlson tiene razón, Candy. Ese perro no hace otra cosa que sufrir. A mí me gustaría que alguien me diera un tiro cuando sea un viejo decrépito.

Candy lo miró con desesperación porque las opiniones de Slim eran ley.

—A lo mejor le duele —dijo—. A mí no me importa seguir cuidándolo.

—De la manera como lo voy a matar no va a sentir nada. Le apuntaré con la pistola aquí mismo —señaló el lugar con la punta del pie—. Justo en la nuca. Ni siquiera se va a mover.

Candy buscó ayuda en el rostro de cada uno de los hombres presentes. La oscuridad era total. Un joven trabajador entró en el cuarto. Sus hombros estaban encorvados y caminaba arrastrando los pies, como si todavía estuviera cargando los costales de cereal. Se dirigió a su cama y puso su sombrero en la repisa, luego tomó de ahí una revista y la llevó consigo hasta la mesa, donde estaba más iluminado.

—Slim, ¿ya te había mostrado esto? —preguntó.

—¿Qué?

El joven abrió la revista en una de las últimas páginas, la puso sobre la mesa y señaló con el índice:

—Mira, lee esto.

Slim se inclinó para leer.

—Vamos —dijo el chico—. Léelo en voz alta.

—"Señor director —leyó despacio Slim—: Leo su revista desde hace seis años y creo que es de lo mejor que se publica. Me agradan las historias de Peter Rand, creo que es muy bueno. Por favor, publique otras como las del 'Jinete Enmascarado'. Yo no suelo escribir muchas misivas, pero en este momento lo hago para decirle que su revista vale mucho la pena".

Slim levantó la mirada con expresión inquisidora.

—¿Para qué me haces leer eso?

—Continúa —pidió Whit—. Lee el nombre que está al final.

—"Esperando que continúe con su éxito, William Tenner". —Una vez más levantó la mirada hacia Whit—. ¿Por qué me haces leer eso?

Whit cerró la revista.

—¿No recuerdas a Bill Tenner? ¿Un tipo que trabajó aquí aproximadamente hace tres meses?

Slim se quedó pensativo.

—¿Un sujeto más bien bajito? ¿Y que manejaba una cultivadora?

—Sí —asintió Whit—, ¡ese!

—¿Crees que él escribió la carta?

—Por supuesto. Bill y yo andábamos por aquí un día y él acababa de recibir una de esas revistas. Mientras la hojeaba, me dijo: "Escribí una carta y no sé si salió aquí". Pero no estaba, y entonces Bill dijo: "Tal vez la estén guardando para publicarla después". Y así fue. Esta es la carta.

—Al parecer tenía razón —dijo Slim—. Finalmente la publicaron.

George quiso tomar la revista.

—¿Puedo verla?

Whit buscó de nuevo la página, pero no le dio la revista. Señaló la carta con el dedo y después la guardó en silencio en su repisa.

—No sé si Bill ya la haya visto —dijo—. Él y yo trabajábamos en el campo de lino. Los dos conducíamos cultivadoras. Era un gran sujeto.

Durante la conversación, Carlson no habló. Había estado mirando al perro. Candy lo observaba inquieto. Al fin, Carlson dijo:

—Si quieres, ahora mismo mandaré al pobre animal al otro mundo. No tiene ningún caso que siga viviendo. Ya no puede comer, ni ver, ni caminar sin sentir dolor.

Candy se aventuró a decir, esperanzado:

—No tienes con qué matarlo.

—Demonios que sí. Tengo una Luger; no va a sentir nada.

—Quizá mañana —se resistió Candy—, esperemos hasta mañana.

—¿Para qué? —dijo cortante Carlson. Se dirigió a su cama y sacó de un paquete la pistola Luger—. Hagámoslo de una vez, no es posible dormir con la peste de ese perro.

Metió la pistola en uno de los bolsillos traseros del pantalón. Candy miró largamente a Slim, buscando que le diera otra solución. Pero no se la dio. Finalmente, accedió desesperanzado.

—Está bien…, llévatelo.

Ni siquiera volteó a mirar al perro. Se recostó en su cama, cruzó los brazos por detrás de la cabeza y se quedó mirando hacia el techo. Carlson sacó de su bolsillo una correa de piel. Se agachó y la puso alrededor del cuello del perro. Todos miraban, menos Candy.

—Anda, perrito. Anda, perrito —dijo suavemente, y luego se disculpó con Candy—: No va a sentir nada. —Candy permaneció inmóvil. Carlson tiró de la correa—: Anda, perrito.

El perro se puso trabajosamente de pie, y siguió a la correa que lo jalaba suavemente.

—Carlson —dijo Slim.

—¿Qué?

—Ya sabes lo que debes hacer.

—¿Qué, Slim?

—Lleva contigo una pala —reconvino Slim.

—¡Ah sí, claro! Entiendo —Y se llevó al perro hacia la oscuridad.

George lo siguió hasta la entrada, cerró la puerta y corrió con cuidado el cerrojo de madera. Candy seguía tendido en la cama, con la vista hacia el techo.

—Una de mis mulas —dijo Slim en voz muy alta— se rompió un casco. Le tengo que poner un poco de brea.

El eco de su voz se extinguió. Afuera reinaba el silencio; los pasos de Carlson dejaron de escucharse. El silencio también se alargó en la habitación.

—De seguro —exclamó George riendo— Lennie está en el granero con su cachorro. Ahora que tiene a su perro ya no va a querer estar aquí.

—Candy —dijo Slim—, puedes quedarte con el cachorro que prefieras.

Candy no respondió. De nuevo se hizo el silencio en la habitación, un silencio que provenía de la noche misma y que invadía todo el lugar.

—¿Alguien desea jugar unas manos conmigo? —invitó George mostrando la baraja.

—Yo jugaré un rato —aceptó Whit.

Se sentaron a la mesa, uno frente al otro, bajo la luz, pero George no barajó las cartas. Hizo chasquear nerviosamente la orilla del mazo, y el sonido atrajo la mirada de todos los presentes, así que dejó de hacerlo. De nuevo, reinó el silencio en la habitación. Transcurrió un minuto, y luego otro minuto más. Candy seguía inmóvil, mirando hacia el techo. Slim fijó la vista en él por unos segundos y después se apretó una mano con la otra. Se escuchó el ruido como de un animal royendo por debajo del piso y todos miraron un poco aliviados hacia ese lugar. Solamente Candy seguía mirando el techo con los ojos bien abiertos.

—Parece que por ahí anda una rata —comentó George—. Será necesario poner una trampa.

—¿Por qué demonios te tardas tanto? —explotó Whit—. Comienza a repartir las cartas, ¿quieres? De otro modo no vamos a jugar nunca.

George barajó bien las cartas, las juntó y observó su lomo con detenimiento. De nuevo se hizo el silencio en la habitación.

A lo lejos se escuchó un disparo. Enseguida, los hombres voltearon a mirar al viejo girando todos sus cabezas.

Por un segundo Candy continuó mirando hacia el techo.

Después se volteó despacio en la cama y que-dó de cara a la pared, en silencio. George barajó con fuerza los naipes y repartió una mano. Whit tomó sus cartas y dijo:

—Por lo visto ustedes dos de verdad han venido a trabajar.

—¿Por qué?

—Bueno —dijo divertido Whit—. Llegaron un viernes. Tienen que trabajar dos días hasta el domingo.

—No comprendo —repuso George.

Whit volvió a reír.

—Ya entenderás cuando hayas trabajado una temporada en estos ranchos grandes. Aquel que quiere saber cómo es el lugar llega el sábado por la tarde. Le dan de comer el sábado por la noche y tres veces al día siguiente, así que puede marcharse el lunes por la mañana luego del desayuno, sin haber trabajado en lo absoluto. Pero llegaron el viernes a mediodía. Le hagan como le hagan, tendrán que trabajar un día y medio.

George lo miró detenidamente.

—Permaneceremos un tiempo aquí —afirmó—. Lennie y yo vamos a ahorrar un poco de dinero.

La puerta se abrió sigilosamente y el peón del establo asomó la cabeza negra, arrugada por el dolor, de mirada paciente.

—Señor Slim.

Slim dejó de mirar al viejo Candy.

—¿Eh? ¡Ah! Qué tal, Crooks. ¿Qué sucede?

—Usted me pidió que calentara la brea para el casco de la mula. Ya se calentó.

—¡Ah, sí! Enseguida voy a curarla.

—Yo puedo hacerlo por usted, si así lo desea, señor Slim.

—No, yo mismo lo haré —añadió Slim, y se levantó.

—Señor Slim —volvió a decir Crooks.

—¿Sí?

—Ese sujeto enorme, el nuevo, se está entrometiendo con sus cachorros en el granero.

—Está bien, no es de cuidado. Le regalé uno.

—Se me ocurrió que lo mejor era que se enterara. Los saca de la paja y los carga de aquí para allá. Eso no les hace ningún bien.

—No les hará daño —volvió a decir Slim—. Enseguida voy contigo.

George levantó la mirada.

—Slim, si ese estúpido molesta demasiado sácalo a patadas.

Slim y el peón salieron del barracón.

George repartió las cartas, Whit tomó las suyas y las analizó.

—¿Ya viste a la nena nueva? —preguntó.

—¿Qué nena? —preguntó a su vez George.

—La mujer de Curley.

—Sí, ya la vi.

—¿Acaso no es una lindura?

—No he visto tanto —respondió George.

Evidentemente sorprendido, Whit dejó los naipes sobre la mesa.

—Pues mantente cerca y abre bien los ojos. Entonces verás lo suficiente, porque no oculta nada. Nunca he visto algo igual; todo el tiempo anda tras de alguien. Incluso creo que le echa los perros al negro. No sé qué diablos busca.

—¿Ha habido problemas desde que llegó? —preguntó George con desenfado.

Era claro que Whit no tenía interés en las cartas. George las recogió y volvió a su solitario: siete cartas y seis sobre ellas, y cinco sobre las seis.

—Ahora comprendo lo que quieres decir —dijo Whit—. No, aún no ha sucedido nada. Curley está con un humor de los mil diablos, pero no ha pasado de ahí. Cada vez que los muchachos andan por aquí, ella se aparece. Según ella, anda buscando a Curley, o dice que se le olvidó algo y quiere encontrarlo. Tal parece que no es capaz de estar sin unos pantalones. Y Curley anda como si lo hubieran mordido hormigas, pero aún no ha sucedido nada.

—Va a ocasionar un problema —comentó George—. Va a haber un serio problema por su culpa. Esa mujer es como una pistola lista para disparar. Ese Curley sí que se ha metido en menudo lío. Un rancho con tantos hombres no es sitio para una mujer, sobre todo si es como ella.

—Puesto que eso piensas —contestó Whit— sería bueno que nos acompañaras al pueblo mañana en la noche.

—¿Por qué? ¿Qué sucede?

—Lo de costumbre. Vamos al negocio de Susy. Es un bonito lugar. La vieja Susy es muy simpática, siempre anda bromeando. Como aquella vez cuando llegamos el sábado por la noche. Susy abrió la puerta y gritó por encima del hombro: "Vístanse, chicas; ha llegado la policía". Y jamás dice groserías. Tiene cinco mujeres en la casa.

—¿Cuánto cobran? —preguntó George.

—Dos cincuenta. Y te puedes tomar un trago a cambio de veinte centavos. Tienen sillas cómodas para sentarse. Si no quieres hacer nada, pues te sientas, bebes dos o tres tragos y te entretienes charlando. A Susy no le incomoda. No es de las que te insisten si no deseas hacer nada.

—Tal vez vaya a echar un vistazo —dijo George.

—Seguro, ven con nosotros. Es muy divertido; Susy se la pasa haciendo bromas. En una ocasión dijo: "Sé de algunas personas que creen que son dueñas de un establecimiento solamente porque pusieron una alfombra en el piso y una lámpara de seda sobre el fonógrafo". Se refería a la casa de Clara. También suele decir: "Yo sé lo que ustedes vienen a buscar. Mis chicas son limpias y mi *whisky* no está diluido. Si alguno de ustedes quiere ver una linda lámpara de seda y arriesgarse a salir quemado, ya sabe adónde ir". Y también dice: "He visto a algunos que caminan chueco por haber ido a ver lámparas lindas".

—Supongo que Clara es la dueña del otro establecimiento.

—Sí. Nunca vamos allí. Clara cobra tres dólares por cada uno y treinta y cinco centavos por cada copa, y no es tan divertida como la otra. Además, Susy mantiene muy limpio su local, tiene sillas cómodas y no permite peleas ahí adentro.

—Lennie y yo estamos juntando dinero —comentó George—. Quizás me anime a ir con ustedes a beber un trago, pero no planeo gastar dos cincuenta…

—Bueno, uno a veces tiene que distraerse un poco.

La puerta se abrió y Lennie y Carlson entraron. Lennie fue hacia su camastro y tomó asiento, intentando pasar desapercibido. Carlson metió la mano debajo de su cama para sacar una bolsa. Evitó mirar hacia el anciano Candy, que continuaba volteado hacia la pared. Carlson extrajo de la bolsa una lata de aceite y un cepillito con los que limpiaba la pistola. Los colocó en la cama y luego sacó el arma de su bolsillo, le quitó el cargador y sacó la bala de la cámara. Luego limpió el cañón con el cepillito cilíndrico. En el momento que se escuchó el sonido del dispositivo de las balas, Candy se giró y miró un momento el revólver, para enseguida volverse de nuevo hacia la pared.

Carlson preguntó desenfadadamente:

—¿Ha venido Curley por acá?

—No —respondió Whit—. ¿Pasa algo con él?

Carlson miraba dentro del cañón de su arma, guiñando un ojo.

—Está buscando a su esposa. Anda dando vueltas y vueltas allá afuera.

—Prácticamente dedica la mitad de su tiempo —dijo Whit con sarcasmo— a buscar a su mujer, y la otra mitad es ella quien lo busca.

Curley entró de improviso en la habitación.

—¿Ha visto alguno de ustedes a mi esposa? —preguntó.

—Por aquí no ha venido —respondió Whit.

Curley lanzaba miradas amenazadoras a su alrededor.

—¿Dónde demonios anda Slim?

—Fue al granero —repuso George—. A ponerle brea a una mula que se rompió un casco.

Curley echó ligeramente los hombros hacia atrás.

—¿Hace cuánto tiempo se fue?

—Cinco, tal vez diez minutos.

Curley saltó hacia la puerta y salió dando un portazo.

Whit se levantó.

—Creo que sería interesante ver eso —comentó—. Curley está loco para meterse con Slim. Pero es bueno para pelear, muy bueno. Llegó a pelear por el campeonato nacional. Nos ha mostrado recortes de periódicos. —Dejó de hablar un momento para cavilar—. De todas maneras, le convendría dejar en paz a Slim. No sabemos de lo que Slim es capaz.

—Piensa que Slim está con su mujer, ¿no es así? —comentó George.

—Parece que sí —dijo Whit—. Por supuesto, no es verdad. Yo al menos no creo que sea cierto. Pero si hay pelea, me gustaría verla. Vamos…

—Yo me quedo aquí —se negó George—. No quiero tener nada que ver con eso. Lennie y yo vinimos para ganarnos algún dinero.

Carlson terminó de limpiar su arma, guardó todo en la bolsa y la guardó debajo de su cama.

—Yo sí voy a ir a ver qué sucede —comentó.

Candy continuaba inmóvil, mientras Lennie vigilaba atentamente a George.

Una vez que Whit y Carlson se marcharon y cerraron la puerta tras de sí, George volteó a ver a Lennie.

—¿Qué pasa contigo?

—No hice nada, George. Slim dice que lo mejor es que no esté tanto con los cachorros. Él dice que no es bueno para ellos; por eso vine para acá, George. Me he portado bien, de verdad.

—Lo mismo te hubiera dicho yo.

—Pero yo no les estaba haciendo nada malo. No hacía más que acariciar a mi perrito sobre las rodillas.

—¿Estaba Slim en el granero?

—Seguro. Me dijo que ya no lo acariciara más.

—¿Viste a esa mujer?

—¿La esposa de Curley?

— Sí, ¿viste si entró en el granero?

—No. Nunca la vi.

—¿No la viste hablar con Slim?

—No. Nunca fue al granero.

—Vaya, creo que ese par no van a poder presenciar ninguna pelea. Pero por si acaso, si ves alguna pelea, mantente al margen.

—Yo no quiero pelear —murmuró Lennie.

Se paró de la cama y fue a sentarse a la mesa, frente a George. De manera mecánica, George barajó las cartas y extendió su mano de solitario. Se movía con lentitud para poder pensar.

Lennie tomó un naipe y lo observó con detenimiento, después lo regresó a su lugar y volvió a mirarlo intrigado.

—Las dos mitades son iguales, George. ¿Por qué es igual de ambos lados?

—Quién sabe, así las hacen. ¿Qué estaba haciendo Slim en el granero cuando lo viste?

—¿Slim?

—Sí. Dijiste que los viste en el granero y que te dijo que ya no acariciaras tanto a los cachorros.

—Ah, sí. Llevaba una lata de brea y una brocha, no sé para qué.

—¿Estás seguro de que esa mujer no entró en ese lugar como lo hizo hoy aquí?

—Sí, no estuvo ahí.

George lanzó un suspiro.

—Para mí es mejor un burdel en el pueblo. Ahí te puedes emborrachar y liberarte de todo lo que te sobra en el cuerpo sin buscarte problemas. Además, ya sabes lo que te va a costar. En cambio, las que son de esta otra clase son como un barril de pólvora.

Lennie lo escuchaba con asombro. Quiso intervenir en la charla, pero George lo interrumpió:

—Lennie, ¿recuerdas a Andy Cushman? ¿El que iba con nosotros a la escuela?

—¿El hijo de la señora que hacía pasteles para todos los niños? —inquirió Lennie.

—El mismo. Si se trata de comida, recuerdas todo, ¿verdad?

George observó detenidamente su solitario. Colocó aparte un as y sobre él puso un dos, un tres y un cuatro.

—Andy está ahora en la cárcel, por culpa de una de estas mujeres.

Lennie tamborileó la mesa con los dedos.

—¿George?

—¿Sí?

—George, ¿cuánto falta para que podamos conseguir esos dos pedazos de tierra y poder vivir como reyes... y los conejos?

—No sé —respondió George—. Para eso es necesario juntar mucho dinero. Conozco un terreno que podríamos tener, pero no lo regalan.

El anciano Candy se giró despacio en su cama. Con los ojos muy abiertos, miró detenidamente a George.

—Dime cómo va a ser, George —pidió Lennie.

—Ya te lo dije anoche.

—Anda, hazlo otra vez.

—Está bien. Serán como unos diez acres de tierra —cedió George—. Tendremos un molino de viento, una pequeña cabaña y un corral para las gallinas. Hay una cocina y un huerto con cerezas, manzanas, duraznos, albaricoques y unas cuantas fresas. También hay espacio suficiente para sembrar alfalfa, y abundante agua de riego. Un chiquero para los cerdos...

—Y también conejos, George.

—No, por ahora no hay un sitio para ellos. Pero me sería fácil construir unas conejeras, y tú los alimentarías con la alfalfa.

—Seguro que sí —dijo Lennie con emoción—. ¿Quieres apostar a que sí puedo hacerlo?

Las manos de George dejaron las cartas sobre la mesa. Cada vez hablaba con mayor calidez.

—Y también podríamos criar algunos puercos. Yo podría construir un humadero como el de mi abuelo y, cuando matáramos a uno, podríamos ahumar tocino y jamón, hacer salchichas y todo lo demás. Y cuando los salmones nadaran contracorriente en el río, pescaríamos hasta cien para salarlos y ahumarlos. Los reservaríamos para la hora del desayuno; no existe nada más delicioso que el salmón ahumado. Y cuando la fruta estuviera madura, la pondríamos en latas… también cultivaríamos tomates pues son fáciles de hacer en conserva. Todos los domingos mataríamos un pollo o un conejo. Y quizás podríamos tener una vaca o una cabra. La crema de su leche sería tan espesa, pero tan espesa, que para cortarla tendríamos que utilizar un cuchillo.

Lennie lo miraba con los ojos bien abiertos, al igual que el anciano Candy. Lennie preguntó en un susurro:

—¿Y podríamos vivir como reyes?

—Por supuesto —asintió George—. Dispondríamos de toda clase de verduras y de frutas, y si se nos antojase un poco de *whisky* venderíamos unos huevos, o cualquier otra cosa, o una poca de leche. Nuestra casa estaría ahí. Dejaríamos de vagabundear de aquí para allá y de comer lo que nos da un cocinero chino. Sí señor, tendríamos nuestra propia casa y dejaríamos de dormir en un barracón.

—Dime de la casa, George — suplicó Lennie.

—Por supuesto, tendremos una casita con una habitación para los dos y una buena estufa de hierro, con el fuego siempre encendido en invierno. No es tanta tierra, así que no nos veremos en la necesidad de trabajar demasiado, tal vez seis o siete horas al día. Ya no más cargar costales de cebada durante once horas al día. Y cuando llegue el tiempo de la cosecha, la recogeremos y sabremos qué resulta de lo que sembramos.

—Y los conejos —se adelantó Lennie impaciente—. Yo cuidaré de ellos. Dime cómo será, George.

—Seguro, irás al sembradío de alfalfa con un saco, lo llenarás y se lo llevarás a los conejos para alimentarlos.

—Van a comer y comer, con esos dientes que tienen —añadió Lennie—. He visto cómo lo hacen.

—Más o menos cada mes y medio —continuó George—, las conejas van a parir y nos sobrarán conejos para comer y vender. Y unas palomas harán nido y volarán por el molino, como cuando era niño. —Observó absorto la pared, por encima de la cabeza de Lennie—. Y seríamos los dueños de todo, así que nadie podría corrernos. Y si no nos agrada algún sujeto, podríamos decirle "Vete de aquí", y tendría que irse, demonios. Y si llega de visita un amigo, tendríamos una cama para él y le diríamos: "¿Quieres pasar la noche aquí?", y se quedaría con nosotros, demonios. Tendríamos un perro de caza y un par de gatos, pero tendrías que vigilar que no maten a los conejitos.

Lennie lanzó un resoplido.

—Solo deja que se acerquen a los conejos y les torceré el pescuezo. Les… los moleré a palos.

Enseguida se calmó un poco, pero aun así siguió refunfuñando por los futuros gatos que se atrevieran a molestar a los futuros conejos.

George quedó absorto, embelesado ante su propia creación.

Candy habló en ese momento y ambos se sobresaltaron como si los hubieran sorprendido haciendo algo malo. El anciano les preguntó:

—¿Conocen un lugar así?

George de inmediato se puso a la defensiva:

—Supongamos que sí, ¿a ti qué te importa?

—No es necesario que me digas dónde se localiza. Puede estar en cualquier parte.

—Seguro —reconoció George—. Es verdad. Por más que te dijera dónde está, no podrías encontrarlo ni en cien años.

Candy continuó, lleno de emoción:

—¿Cuánto piden por un lugar como ese?

George lo miró con desconfianza.

—Bueno, yo... tal vez podría conseguirlo por seiscientos dólares. Los dos ancianos que son los dueños no tienen en qué caerse muertos. Y la anciana necesita una operación. Pero, ¿qué tienes que ver tú en todo esto?

—Yo no valgo gran cosa sin una mano —repuso Candy—. Perdí la mano en este rancho, y por eso me dieron la labor de barrer. Me dieron doscientos cincuenta dólares por haber perdido la mano, y he ahorrado en el banco otros cincuenta. Suman trescientos. Además, tengo que cobrar otros cincuenta cuando termine el mes.

Escucha… —Se inclinó ansioso—. Si yo fuera con ustedes, aportaría trescientos cincuenta dólares. Ya no sirvo gran cosa, pero puedo preparar la comida, cuidar de las gallinas y encargarme de la huerta. ¿Qué opinas?

George lanzó un escupitajo al suelo en señal de molestia.

—Tenemos diez dólares entre los dos. —Pero enseguida añadió meditabundo—: Mira, si Lennie y yo trabajamos un mes y no gastamos nada, podremos juntar alrededor de cien dólares. Entonces sumaríamos cuatrocientos cincuenta dólares entre los tres.

Supongo que con esa cantidad podríamos pagar la mayor parte. Después, Lennie y tú podrían empezar a trabajar la tierra, mientras, yo conseguiría otro trabajo para pagar el resto. Ustedes podrían vender huevos o algo así.

Los tres guardaron silencio. Perplejos, se miraban entre sí. Aquello que nunca creyeron poder alcanzar se estaba convirtiendo en realidad. George exclamó admirado:

—¡Dios mío! Creo que sí podremos comprar el terreno.

Parecía extasiado.

—Parece que podremos comprarlo —musitó.

Candy se sentó en la orilla de su cama y rascó con nerviosismo su muñón.

—Hace cuatro años perdí la mano —dijo—. No tardarán en correrme de este lugar cuando piensen que no sirvo para nada. Me quedaré sin trabajo. Pero si les doy a ustedes mi dinero, podría trabajar en el sembradío sin importar si llego a ser un viejo decrépito. También puedo lavar la loza, cuidar a las gallinas y hacer trabajos similares. Tendré mi propia casa y mi propia tierra. —Y añadió dolorosamente—: ¿Vieron lo que le hicieron a mi perro? Dicen que ya no servía para nada. Cómo me gustaría que alguien me pegara un tiro cuando me corran. Pero no lo van a hacer. ¿A dónde iré después? No podré conseguir otro empleo… Para cuando se vayan, habré cobrado otros treinta dólares.

George se levantó de su asiento.

—Así lo haremos —dijo con firmeza—. Haremos lo necesario e iremos a vivir allí.

Volvió a sentarse en su silla. Se quedaron inmóviles, embelesados por lo perfecto que parecía su plan, imaginando su futuro en el que su sueño sería una realidad.

George exclamó alegre:

—Imaginen que un circo visita el pueblo o que hay una fiesta, o·un juego de pelota, o algo parecido.

El anciano Candy asintió en silencio, sonriendo para sus adentros.

—Simplemente iríamos y ya —continuó George—. No tendríamos que pedirle permiso a nadie. Solo diríamos "vamos al pueblo", y lo haríamos. Nada más tendríamos antes que ordeñar a la vaca y arrojarle algo de alimento a las gallinas...

—Y darles un poco de alfalfa a los conejos —intervino Lennie—. Nunca se me pasará darles de comer. ¿Cuándo lo podremos hacer, George?

—En un mes; en un mes a lo mucho. ¿Quieren saber lo que haré? Les voy a mandar una carta a los viejos para ofrecer comprarles la tierra. Candy les mandará cien dólares como adelanto.

—Seguro —asintió Candy—. ¿La cocina es buena para cocinar?

—Claro. Tiene un buen brasero que trabaja con carbón o leña.

—Llevaré mi cachorro —añadió Lennie—. Estoy seguro que se sentirá a gusto ahí, lo sé.

Se escucharon unas voces que se aproximaban a la puerta.

—No se lo digan a nadie —reconvino George deprisa—. Solamente nosotros tres debemos saberlo. Se les puede ocurrir echarnos para evitar que reunamos el dinero. Sigamos fingiendo que tenemos que cargar sacos de cereales el resto de nuestra vida para que, llegado el día, cobremos la paga y nos podamos ir.

Lennie y Candy sonrieron, asintiendo con alegría.

—No se lo digan a nadie… —volvió a decir Lennie para sí.

—George —dijo Candy.

—¿Si?

—Debí de haber matado a mi perro yo mismo. No debí permitir que un sujeto extraño matara a mi perro.

En ese momento se abrió la puerta y Slim entró; detrás de él venían Curley, Carlson y Whit. Slim llevaba las manos sucias de brea y el entrecejo fruncido por el enojo. Curley le pisaba los talones.

—Slim —explicó Curley—, no era mi intención decir nada malo. Yo solamente preguntaba.

—Está bien —repuso Slim—, ya preguntó más de la cuenta. Además, ya me estoy cansando de tantas preguntas. Si no es capaz de vigilar a esa condenada mujer, ¿qué tengo yo que ver con eso? Déjeme en paz.

—Únicamente trataba de decirte que no era mi intención hacerte enfadar —insistió Curley—. Pensé que tal vez la habías visto.

—¿Por qué no le ordena que permanezca en su casa, donde se supone debe estar? —reconvino Carlson—. Si anda entre los trabajadores, se buscará problemas.

Curley se volvió rápidamente y encaró a Carlson.

—Mantente al margen de esto, de lo contrario te las verás conmigo.

Carlson se echó a reír.

—Usted es un cobarde —replicó—. Trató de amedrentar a Slim y no lo logró. Él fue quien lo asustó a usted. Es más gallina que un sapo. Me importa un comino que haya sido campeón de peso ligero. Intente algo en contra mía y le moleré la cabeza a patadas.

Candy se incorporó a la ofensiva con entusiasmo.

—¡Guante de vaselina! —dijo con desdén.

Curley lo miró lleno de coraje, pero su mirada se desvió hacia arriba y quedó fija en Lennie, quien aún sonreía encantado de imaginar cómo sería su futuro hogar.

Curley se aproximó a Lennie como un perro cazador.

—¿Tú de qué demonios te ríes?

Lennie lo miró como un estúpido.

—¿Eh?

Entonces Curley explotó encolerizado.

—¡Anda, hijo de puta, párate! No permitiré que un hijo de puta, por enorme que sea, se burle de mí. Ya veremos quién es el cobarde.

Lennie miró a George con desesperación y luego se puso de pie y trató de echarse hacia atrás. Curley bailaba sobre los pies, listo para atacar. Golpeó a Lennie con el puño izquierdo y enseguida con el derecho sobre el rostro. Lennie gritó aterrorizado; la sangre corría de la nariz.

—¡George, dile que me deje tranquilo! —exclamó.

Caminó hacia atrás hasta quedar de espaldas contra la pared, pero Curley siguió dándole puñetazos en la cara. Lennie tenía los brazos caídos; el terror le impedía defenderse.

George se había levantado y gritaba:

—¡Golpéalo, Lennie! ¡No dejes que te pegue!

Lennie intentaba cubrirse el rostro con sus manazas, mientras aullaba aterrorizado.

—George, dile que se detenga.

Entonces Curley lo golpeó en el estómago y le sacó el aire.

Slim se enderezó de un salto.

—El muy canalla —exclamó—. Se las verá conmigo.

Pero George alargó la mano y detuvo a Slim.

—Aguarde un momento —dijo. Luego ahuecó ambas manos y llevándolas a la boca, dijo por lo alto:

—¡Dale, Lennie!

Lennie se descubrió la cara y volteó a mirar a George. Curley lo golpeó en los ojos. Toda su enorme cara estaba llena de sangre. George volvió a gritar:

—¡Que le des!

Curley se preparaba a asestarle otro golpe con el puño cerrado, y entonces Lennie se lo apresó. El pequeño boxeador pendía de la manaza de Lennie como si fuera un pez atrapado en un anzuelo. George se acercó presuroso.

—¡Abre la mano, Lennie, suéltalo!

Horrorizado, Lennie miraba al derrotado hombrecito que tenía a su merced. La sangre fluía de su rostro y tenía un ojo hinchado. George lo golpeó varias veces con la palma de la mano abierta para hacerlo reaccionar, pero Lennie no dejaba de apretar el puño cautivo. Curley, lívido y contraído, casi dejó de forcejear. Lloraba, con el puño preso en la mano de Lennie.

George no paraba de gritar.

—¡Abre la mano, Lennie! ¡Suéltalo! Slim, ayúdame mientras le quede algo de mano a este.

En eso, Lennie dejó de apretar con su mano. Y se arrinconó en la pared, temeroso.

—Tú me lo pediste, George —se disculpó afligido.

Curley se sentó en el piso, mirando perplejo su mano estrujada. Slim y Carlson se inclinaron para revisarlo. Luego Slim se irguió y miró horrorizado a Lennie.

—Es preciso llevarlo con un médico. Creo que le rompió todos los huesos de la mano.

—No era mi intención lastimarlo —gimió Lennie—. No quise hacerlo.

—Carlson —ordenó Slim—, engancha el remolque de las provisiones. Lo llevaremos a Soledad para que lo curen.

Carlson salió presuroso. Slim se dirigió al acongojado Lennie.

—No fue tu culpa —opinó—. Este sujeto se lo estaba buscando. ¡Pero válgame el Cielo!, casi se queda sin mano.

Slim salió y volvió con un cucharón de lata lleno de agua. Lo acercó a los labios de Curley.

George preguntó:

—Slim, ¿nos van a correr? Nos hace falta el dinero. ¿Nos va a correr el padre de Curley?

Slim sonrió amargamente y luego se agachó en cuclillas junto a Curley.

—¿Me puede escuchar?

Curley asintió con la cabeza.

—Bueno, escúcheme bien —siguió Slim—. Por lo visto se ha aplastado la mano con una máquina. Si no le cuenta a nadie lo que pasó, nosotros tampoco lo contaremos. Pero si hace el más leve comentario al respecto o si intenta correr a este hombre, nosotros diremos lo que en verdad sucedió. Y entonces sí que se burlarán de usted.

—No lo contaré —accedió Curley, desviando la mirada de Lennie.

Afuera se alcanzaron a oír las ruedas del remolque. Slim ayudó a Curley a levantarse.

—Andando, entonces; Carlson lo llevará con un doctor.

Llevó a Curley hasta la puerta. El ruido de las ruedas se extinguió en la lejanía. Después de unos momentos, Slim entró de nuevo en el cuarto. Miró a Lennie, que seguía replegado y temeroso, junto a la pared.

—Enséñame tus manos —pidió.

Lennie extendió las manos.

—¡Santo Dios! —exclamó Slim—, ojalá nunca te enojes conmigo.

—Lennie estaba asustado —intervino George—. Eso fue lo que pasó. Él no sabía qué debía hacer. Ya ves que hoy te dije que a nadie le conviene meterse con él. Aunque no, creo que se lo comenté a Candy.

Candy asintió enfáticamente.

—Es verdad. Esta mañana, después de que Curley se metió con tu amigo, dijiste: "Más le valdría no provocar a Lennie". Eso dijiste.

George volteó a mirar a Lennie.

—No te culpes, Lennie. Ya no te asustes. Solamente hiciste lo que te pedí. Ve al lavadero y límpiate el rostro. Luces horrible.

Lennie sonrió con su boca malherida.

—No quería lastimarlo —comentó. Se dirigió a la puerta, pero antes de salir se giró—. ¿George?

—¿Qué sucede?

—¿Todavía podré cuidar de los conejos?

—Por supuesto, no hiciste nada.

—No quise lastimarlo, George.

—Está bien. Sal de una vez y lávate esa cara.

CAPÍTULO 5

El trabajador negro, Crooks, dormía en el cuarto de los arneses, un pequeño cobertizo pegado al muro del granero. Al lado del estrecho cuarto estaba una ventana cuadrada con cuatro vidrios, y en el otro extremo una puerta angosta de madera que daba al granero. La cama de Crooks consistía en un cajón largo lleno de paja, sobre el que extendía sus mantas. De unos clavos en la pared, al lado de la ventana, pendían arneses estropeados que aguardaban ser arreglados y tiras de cuero nuevo. Bajo la misma ventana se podían ver una banqueta para los utensilios de talabartería, cuchillos, agujas y ovillos de hilo, y un pequeño remachador manual. De igual manera, colgaban pedazos de arneses, un collarín roto al que se le salía el relleno de crin, una pechera agrietada y una cadena de tiro con el forro de cuero roto. Crooks había puesto el cajón de manzanas que utilizaban como estante sobre la cama. En él había colocado gran cantidad de frascos con medicinas para él y los caballos. También había latas de grasa para untar los arneses y una mugrosa lata de brea con su brocha asomándose por la boca. Por el suelo había regados bastantes artículos personales. Al vivir solo, Crooks era libre de dejar sus cosas en desorden, y al ser trabajador del establo y estar lisiado, llevaba más tiempo que los demás en el rancho, por lo que había acumulado muchas más pertenencias de las que pudiera transportar en una sola vuelta.

Crooks tenía varios pares de calzado, unas botas de hule, un reloj despertador grande y una escopeta de un solo cañón. También poseía varios libros: un diccionario maltratado y un deshojado ejemplar del Código Civil de California de 1905. Había unas revistas muy maltrechas y algunos libros mugrosos en una repisa especial sobre la cama. Sobre ella, de la pared colgaba de un clavo un par de grandes lentes con armazón dorado.

El suelo había sido barrido y estaba bastante limpio. Crooks era orgulloso y solitario, mar-

caba su distancia con los demás y les exigía
que hicieran lo mismo. Su cuerpo se doblaba
hacia la izquierda debido a una fractura en la
columna vertebral, y sus ojos se sumían tanto
en su cara, que parecían brillar intensamente. A
lo largo de su rostro enjuto corrían profundas
arrugas negras. Sus labios delgados, más pálidos
que su rostro, mostraban una mueca debido al
dolor.

Era sábado por la noche. A través de la puerta
se alcanzaba a escuchar el ruido de los caballos,
las patas en movimiento, los dientes masticando
el heno y el rechinido de las cadenas de los ronzales. Una lamparilla eléctrica iluminaba débilmente el cuarto de Crooks.

El negro estaba sentado en su cama de paja.
Por detrás, llevaba la camisa desfajada. En una
mano sostenía un frasco de linimento y con la
otra se sobaba la espalda. De cuando en cuando
ponía unas gotas de linimento en su palma rosada y frotaba debajo de la camisa. La espalda se
encogía y temblaba.

Sin hacer ruido, Lennie apareció en el um-
bral de la puerta y se quedó parado ahí mirando
hacia adentro. Sus anchos hombros casi tapaban
por completo el hueco. En primera instancia,

Crooks no se percató de su presencia, pero luego alzó la mirada, se quedó inmóvil y su rostro adoptó una expresión de molestia. Sacó la mano de su camisa.

Lennie le sonrió tímidamente, tratando de parecer amistoso.

—No tiene derecho —exclamó hostilmente Crooks— a entrar en mi cuarto. Este es mi cuarto. Y nadie puede entrar aquí, excepto yo.

Lennie tragó saliva y sonrió con mayor calidez.

—No estoy haciendo nada, solamente vine a visitar a mi cachorro y luego vi la luz encendida —explicó.

—Bueno, creo que tengo derecho a prender la luz. Márchese de mi cuarto. A mí no me permiten estar en el barracón, así que yo no le permitiré a usted permanecer aquí.

—¿Por qué no lo dejan estar ahí? —preguntó Lennie.

—Porque soy negro. En el barracón juegan a las cartas, pero a mí no me permiten jugar porque soy negro. Dicen que apesto. Bueno, pues para mí todos ustedes huelen mal.

Lennie movió con tristeza sus enormes manos.

—Todos se fueron al pueblo —notificó—. Slim y George y todos. George dice que tengo que quedarme aquí y no meterme en problemas. Y vi la luz encendida.

—Entonces, ¿qué quiere?

—Nada. Vi esta luz encendida y pensé que tal vez podría venir a sentarme un momento.

Crooks miró con fijeza a Lennie y extendió una mano hacia atrás; tomó los lentes, los colocó en las rosadas orejas y miró de nuevo.

—De cualquier manera, no sé a qué viene usted aquí —se quejó—. No tiene nada que ver con los caballos. Usted es cargador de costales y nada tiene que hacer aquí.

—El cachorro —dijo de nuevo Lennie—. Vine a ver a mi cachorro.

—Entonces vaya a ver al perrito. No se inmiscuya en los asuntos de los demás.

Lennie dejó de sonreír. Dio un paso hacia adentro, pero luego recordó la recomendación de George y volvió a retroceder.

—Solamente los miré un poco, es que Slim dice que no debo acariciarlos tanto.

—Pues sí, pero se la ha pasado sacándolos de la paja todo el tiempo. La perra debería llevárselos a otro lugar.

—Oh, la perra me deja acariciarlos; a ella la tiene sin cuidado —dijo Lennie, que una vez más había entrado en el cuarto.

Crooks frunció el entrecejo, pero la bonachona sonrisa de Lennie terminó por vencerlo.

—Está bien, entre y tome asiento un momento —invitó Crooks—. Puesto que no quiere irse y dejarme en paz, puede sentarse. —Su tono sonaba un poco más amistoso—. Así que todos los muchachos se fueron a Soledad, ¿eh?

—Todos, menos el anciano Candy. Está sentado en el cuarto grande, sacándole punta una y otra vez al lápiz mientras suma.

—¿Sumas? ¿Qué suma Candy?

Lennie exclamó:

—Hace cuentas sobre los conejos.

—Usted está bien loco, más loco que una cabra. ¿De qué conejos habla?

—De los conejos que vamos a adquirir; los cuidaré, limpiaré la yerba y les daré agua.

—Así es, está loco —insistió Crooks—. Su acompañante hace bien en tenerlo alejado.

Lennie objetó dócilmente:

—No estoy mintiendo. Eso vamos a hacer, vamos a comprar una cabaña y un pedazo de tierra y viviremos como reyes.

Crooks se reacomodó en su camastro.

—Tome asiento —invitó de nuevo—. Ahí, en el cajón de los clavos.

Lennie se sentó como pudo en el pequeño cajón.

—Cree que miento, pero no es así. Todo es verdad, si quiere puede preguntarle a George.

Crooks apoyó su barbilla en la mano rosada.

—¿Siempre viajan juntos, verdad?

—Seguro, los dos vamos juntos donde quiera.

—En ocasiones —continuó Crooks— él dice algo y usted no entiende un demonio qué está diciendo, ¿no es así? —Se echó hacia adelante mientras escudriñaba a Lennie con su mirada profunda—. ¿Verdad que sí?

—Sí…, en ocasiones.

—¿Habla y habla y usted no sabe de qué demonios está hablando?

—Sí…, en ocasiones. Pero… no siempre es así.

Crooks se inclinó más.

—Yo no soy un negro sureño —prosiguió—. Nací en este lugar, en California. Mi padre poseía un criadero de gallinas, unas cinco hectáreas. Los niños blancos solían ir a jugar ahí conmigo y en ocasiones yo iba a jugar a su casa. Algunos eran buenos. Pero a mi padre no le agradaba la idea. Fue hasta mucho tiempo después cuando comprendí por qué no le agradaba. Ahora lo sé. —Titubeó, y luego su voz se hizo más suave—: La única familia de color en muchas leguas a la redonda era la nuestra. Y ahora solo estoy yo en este rancho y otra familia en Soledad. —Soltó una carcajada—. Lo que yo diga no importa, porque soy un negro.

—¿En cuánto tiempo cree que —preguntó Lennie— esos cachorros tarden en crecer lo suficiente como para poder acariciarlos bien?

De nuevo, Crooks se echó a reír.

—Uno puede decirle cosas a usted y estar seguro de que no dirá nada. Les tomará a los cachorros unas dos semanas crecer. George sabe lo que hace. Habla, y usted no comprende nada. —Se inclinó todavía más hacia adelante, impulsado por la excitación—. Yo no soy más que un negro, y un negro con la espalda rota. Lo que yo digo no importa, ¿comprende? De cualquier manera, no lo recordará. Ya antes lo he visto: un hombre habla con otro y no le importa si lo escucha o no. Lo importante es hablar, o incluso quedarse en silencio, callado. No importa, no importa en lo absoluto. —Sobreexcitado, comenzó a golpearse la rodilla con la mano—. George puede decir cualquier tontería, da igual. El punto es poder hablar con alguien, estar con otro hombre. Eso es todo.

Se detuvo un momento. Luego su voz se volvió suave y seductora.

—Suponga que George no regresa, que se ha marchado y no volverá. ¿Qué haría usted?

Gradualmente, Lennie puso atención en lo que acababa de escuchar.

—¿Qué? —preguntó.

—Dije que suponga, que se imagine que George se marchó esta noche al pueblo, y que no vuelve a tener noticias de él. —Crooks lo presionó y disfrutó una especie de triunfo personal—. Imagíneselo—volvió a decir.

—¡No! ¡No va a hacerlo! —gritó Lennie—. George nunca haría algo semejante. Lo conozco de toda la vida, así que volverá… —Sin embargo, la duda lo atormentaba—. ¿Cree que volverá?

Crooks sintió el placer de infligir tortura.

—Nadie sabe lo que puede suceder —señaló tranquilamente—. Supongamos que quiere regresar y algo se lo impide. Imagine que lo matan o lo lastiman, y que no puede regresar.

Lennie se esforzaba por comprender lo que acababa de escuchar.

—George no lo va a hacer —dijo de nuevo—. Es muy precavido, no lo van a lastimar. Nunca le ha sucedido porque tiene mucho cuidado.

—Bueno, pero imagíneselo, supongamos que no regresa. ¿Qué haría usted?

El rostro de Lennie se contrajo por la aprensión.

—No sé. Oiga, ¿qué es lo que quiere? —gritó—. No es verdad, George no está herido.

Los ojos de Crooks escrutaron los de Lennie.

—¿Quiere saber qué va a pasar? Se lo llevarán al manicomio y lo amarrarán del pescuezo como a un perro.

La mirada de Lennie se quedó fija, furiosa. Se levantó y caminó amenazadoramente hacia Crooks.

—¿Quién lastimó a George? —preguntó.

Crooks percibió el peligro y entonces se hizo un ovillo en su cama para evitar enfrentarse a Lennie.

—Solamente imaginaba cosas —se excusó—. George no está malherido, está bien y volverá pronto.

Lennie permanecía de pie, inmenso, junto a él.

—¿Entonces por qué dice esas cosas? No permitiré que nadie diga que George está herido.

Crooks se retiró los anteojos y se frotó los ojos.

—Tome asiento —dijo—. George está bien.

Lennie regresó de vuelta a su asiento en el cajón de clavos.

—Nadie dirá que George está herido —refunfuñó.

—Quizá —prosiguió con suavidad Crooks—, quizá ahora usted me entienda. Tiene a George, y sabe que volverá. Pero suponga que no tuviera a nadie, que no pudiera ir al barracón a jugar a las cartas porque es negro. ¿Le agradaría? Suponga que tenga que quedarse aquí y leer y leer. Por supuesto, puede jugar a las herraduras hasta que anochezca, pero luego tendría que volver a leer. Los libros no ayudan. Un hombre necesita a alguien, alguien que esté cerca de él. Uno puede enloquecer si no tiene a nadie cerca. Y no importa de quién se trate, con tal de sentirse acompañado. ¡Le digo —gritó— que uno se siente tan solo que se pone mal!

—George va a regresar —se calmó a sí mismo Lennie con voz temerosa—. Quizás ya lo hizo. Quizás debería ir a echar un vistazo.

—No era mi intención asustarlo —afirmó Crooks—. George volverá. Yo lo decía por mí. Uno se sienta aquí, solo, la noche entera. Lee unos libros, o piensa, o hace cualquier otra cosa. A veces, cuando uno se pone a pensar, no hay nadie que te diga sí o no, si es correcto o incorrecto. Si ves algo, no puedes preguntarle a nadie si ha visto lo mismo. No puedes hablar, ni tienes con qué comparar. He presenciado muchas cosas en este lugar y no andaba tomado, aunque no estoy seguro si lo soñé. Si hubiera un hombre conmigo al menos él podría decirme si estaba o no dormido, y todo marcharía bien. Pero no es así.

Crooks miraba hacia la ventana.

—George no se irá —dijo Lennie afligido—. No me va a abandonar. Yo sé que George no haría eso.

El negro prosiguió:

—Recuerdo cuando era un niño y vivía en la casa de mi padre. Tenía dos hermanos que siempre me acompañaban. Dormíamos juntos en la misma cama, los tres. Teníamos un sembradío de fresas y uno de alfalfa. Por las mañanas, cuando salía el sol, soltábamos a las gallinas en la alfalfa. Mis hermanos se sentaban en la alambrada para mirarlas: eran blancas.

Poco a poco Lennie puso atención.

—George dice que vamos a tener alfalfa para los conejos.

—¿Cuáles conejos?

—Los que vamos a tener. También vamos a tener un sembradío de fresas.

—Está loco.

—Pero es verdad, pregúntele a George.

—Es un demente —repitió Crooks con desdén—. Me ha tocado ver a más de cien hombres venir a trabajar en los ranchos, cargando sus hatillos de ropa en los hombros y con la misma idea en la cabeza. Han sido cientos. Llegan, trabajan y se marchan. Y cada uno tiene un terrenito en la cabeza. Y ni siquiera uno solo de ellos lo ha podido conseguir. Es como el cielo, todos quieren su terrenito. He leído muchos libros, y nadie llega al cielo, así como nadie consigue su tierra. Solo la tienen en la cabeza, eso es todo. Se la pasan hablando de eso todo el tiempo, pero solo está en su cabeza.

Se detuvo y miró hacia la puerta abierta. Los caballos se oían inquietos y las cadenas de los ronzales tintineaban. Uno de los caballos relinchó.

—Alguien anda afuera —señaló Crooks—. Tal vez es Slim, a veces viene dos o tres veces por la noche. Es un mulero de verdad; cuida bien a sus animales.

Crooks se incorporó haciendo esfuerzos y se dirigió hacia la puerta.

—¿Es usted, Slim? —preguntó.

La voz de Candy le respondió:

—Slim se fue al pueblo. Oye, ¿has visto por aquí a Lennie?

—¿El grandulón?

—Sí. ¿Lo has visto?

—Está adentro —señaló rápidamente Crooks. Regresó a su cama y se acostó.

Candy apareció en la entrada. Se rascaba el muñón, tratando de mirar adentro del cuarto iluminado. No intentó entrar.

—Escucha, Lennie. He estado haciendo cuentas sobre esos conejos.

Crooks lo interrumpió molesto.

—Si desea, puede entrar.

Candy parecía estar incómodo.

—No sé. Pero si tú quieres…

—Ande, entre. Si todo mundo se mete aquí también puede entrar usted. —Le costaba disimular con enojo lo complacido que estaba.

Candy entró, pero continuaba incómodo.

—Es un cuartito agradable —opinó—. Debe ser bueno tener para uno solo un cuarto como este.

Lennie interrumpió:

—¿Qué dijiste sobre los conejos?

Candy se recargó en la pared, junto al collarín roto, y se rascó el muñón.

—Llevo muchos años aquí, y Crooks también. Esta es la primera vez que entro en su cuarto.

—No abundan los hombres —dijo Crooks lastimeramente— que entren en el cuarto de un negro. Aquí solo han entrado Slim y el patrón.

Candy se apresuró a cambiar el tema.

—Slim es el mejor mulero que he visto en mi vida.

Lennie se inclinó sobre el anciano barrendero.

—Los conejos… —insistió.

—Ya lo tengo previsto —dijo Candy con una sonrisa—. Si hacemos lo indicado, ganaremos algún dinero con esos conejos.

—Pero yo soy el que debe cuidarlos —interrumpió Lennie—. George dice que yo los tengo que cuidar. Me lo prometió.

Crooks los interrumpió bruscamente.

—Ustedes solo se están engañando. Nada más hablan y hablan, pero jamás tendrán esa tierra.

Usted seguirá barriendo aquí hasta que lo saquen cargando en un cajón. Demonios, vaya que he conocido a muchos como ustedes. Y Lennie se marchará del rancho dentro de dos o tres semanas y volverá a vagar. No sé por qué todos tienen metido un terreno en la cabeza.

Candy se frotó la mejilla lleno de rabia.

—Dios sabe que es cierto. George dice que es posible. Ya contamos con el dinero, ahora mismo.

—¿Ah, sí? —dijo Crooks—. ¿Dónde se ha metido George? Seguramente está en el pueblo en compañía de mujeres. Así es como se gastan el dinero. Por Dios que lo he visto muchas veces. He visto a demasiados hombres soñando con tener una tierra, pero nunca llegan a tocarla.

—Por supuesto que todos quieren lo mismo —repuso Candy—. Todos desean un pedazo de tierra, no muy grande, pero de uno. Un sitio donde vivir sin tener la zozobra de que te pueden correr. Yo nunca he tenido un sembradío. He trabajado para casi todos los dueños de tierra en este estado, pero las siembras no me pertenecían, así como tampoco las cosechas, que yo también recogía. Pero eso cambiará y tienes que creernos. George no se llevó consigo el dinero porque está en el banco. Lennie, George y yo vamos a tener un cuarto para dormir. Vamos a tener un perro, conejos y gallinas. Plantaremos maíz y quizá lleguemos a tener una vaca o una cabra.

Dejó de hablar, aturdido por su descripción.

—¿Dijo que ya disponen del dinero?

—Por supuesto, casi todo. Solo falta un poco, pero en un mes lo reuniremos todo. Además, George ya escogió el terreno.

Crooks flexionó uno de sus brazos y se examinó la espalda con la mano.

—Nunca he sabido de nadie que lo haya logrado —aseguró—. He conocido a hombres sumamente deseosos de tener una tierra propia, pero siempre terminaban derrochando su dinero en juegos de cartas y en mujeres. —Dudó un instante—. Si… si ustedes llegan a necesitar a alguien que trabaje sin que cobre un salario, solo a cambio de hospedaje y alimentos, yo podría ir a ayudarles. No estoy tan lisiado como para no poder trabajar como cualquier otro si es preciso.

—¿Alguno de ustedes ha visto a Curley?

Los tres voltearon a mirar hacia la puerta. Era la mujer de Curley. Llevaba el rostro muy maquillado, abría ligeramente los labios y respiraba profundamente, como si se hubiera agitado después de correr.

— Curley no ha venido por aquí —contestó con rudeza Candy.

La mujer no se movió de la puerta, sonreía mientras se frotaba las uñas de una mano con los dedos pulgar e índice de la otra. Su mirada recorría cada uno de los rostros.

—Dejaron aquí a los que no sirven —dijo finalmente—. ¿Piensan que no sé a dónde fueron? También Curley. Sé perfectamente a dónde fueron.

Lennie la miraba embelesado, mientras que Candy y Crooks fruncían el entrecejo y agachaban la cabeza para no cruzarse con su mirada.

—Si ya lo sabe —objetó Candy—, ¿por qué viene hasta aquí a preguntarnos dónde está Curley?

Ella lo miró divertida.

—Qué extraño —dijo—. Si estoy con un hombre, el que sea, y está solo, me llevo muy bien con él. Pero si dos de ustedes están juntos, ni siquiera quieren hablar. Se molestan y ya está.

Bajó los brazos y los apoyó en su cadera.

—Todos se tienen miedo, eso es lo que sucede. Todos temen que los demás les hagan algo.

Después de un corto silencio, Crooks dijo:

—Quizá ya debería irse a su casa. No queremos problemas.

—Pero si no estoy haciendo nada malo. ¿Acaso no piensan que me agrada conversar con alguien de vez en cuando? ¿Creen que me gusta estar siempre encerrada en esa casa?

Candy descansó su muñón en la rodilla y lo frotó cuidadosamente con la mano. Y a continuación replicó:

—Usted está casada, tiene marido. No tiene por qué meterse con los demás, siempre ocasionando problemas.

La mujer se llenó de rabia.

—Seguro que tengo marido, todos lo conocen. Un hombre estupendo, ¿no es así? Se la pasa diciendo lo que le hará a los tipos que le desagradan. Y todos le desagradan. ¿Creen que me voy a quedar encerrada en esa casita para oír lo que Curley piensa hacer? Dos fintas con la izquierda, luego la derecha, esa derecha de antaño, bien fuerte. "Uno, dos, y el tipo caerá al suelo".

Dejó de hablar un momento. Su expresión cambió del enojo al interés.

—Díganme… ¿qué le pasó a Curley en la mano?

Se hizo un silencio incómodo. Candy miró a Lennie y después tosió.

—Pues... a Curley... se le atoró la mano en una máquina, señora. Y se la rompió.

La mujer los miró un breve instante y después se carcajeó.

—¡Sí, cómo no! ¿Creen que me pueden engañar? Lo que sucedió es que Curley quiso hacer algo y no pudo. Con una máquina... ¡pamplinas! Desde que se rompió la mano dejó de repetir que va a lanzar su uno, dos. ¿Quién le rompió la mano?

Empecinado, Candy volvió a decir:

—Se lastimó con una máquina.

—Está bien —dijo con desdén la mujer—. Tápalo, si así lo deseas. No me importa. Ustedes se creen muy listos. ¿Creen que soy un bebé? Les digo que podría trabajar en el teatro, no en cualquier cosa. Y un sujeto me ofreció meterme en la industria del cine... —dijo apresurada por la indignación—. Hoy es sábado en la noche y todo mundo ha salido. Todo mundo anda afuera, ¡todo el mundo! ¿Y qué estoy haciendo yo? Aquí hablando con tres pobres diablos, tres momias: un negro, un tarado y un viejo piojoso... Y tengo que conformarme porque no hay nadie más.

Lennie la miraba con la boca abierta, Crooks se replegó en su dignidad de negro, mientras que el anciano Candy se levantó repentinamente y volteó hacia atrás el cajón en el que estaba sentado.

—¡Es suficiente! —gritó colérico—. Usted está de sobra aquí. Ya le pedimos que se marchara y además está equivocada sobre nosotros. Su cabeza de pájaro no tiene suficiente cerebro para darse cuenta de que no somos unos pobres diablos. Si desea, haga que nos corran. Inténtelo. Supone que vamos a ir a buscar otro trabajo tan despreciable como este, pero no sabe que tenemos nuestro propio rancho, nuestra casa. Así que no hay razón para quedarnos aquí. Tenemos una casa, gallinas, árboles frutales y un campo mil veces mejor que este. Y tenemos amigos, eso tenemos. Quizá hubo un tiempo en que nos asustaba que nos echaran, pero ya no. Somos dueños de nuestra propia tierra, y podemos vivir en ella.

La esposa de Curley se burló de él.

—¡Qué tontería!—exclamó—. Conozco bien a los tipos como ustedes. Si tuvieran una moneda en el bolsillo ya hubieran ido a comprar alcohol y se beberían hasta la última gota. Vaya si los conozco bien.

El rubor del enojo gradualmente encendió las mejillas de Candy, pero logró contenerse antes de que ella terminara de hablar.

—Debí suponerlo —dijo calmadamente—. Quizá lo mejor sea que luzca su vestido en otro lugar. No hay nada que podamos decirle. Sabemos bien quiénes somos y lo que tenemos, y no nos importa si usted lo sabe o no. Así que lo mejor es que ya se vaya porque a Curley le puede disgustar que su esposa esté aquí con unos despreciables peones.

La mujer repasó con la vista cada uno de los rostros, todos con expresión de rechazo. Detuvo un poco más la vista en Lennie, quien cohibido bajó los ojos. En eso, la mujer preguntó:

—¿Cómo se hizo esas heridas en la cara?

Lennie dijo enseguida:

—¿Quién… yo?

—Sí, tú.

Ansioso, Lennie volteó a mirar a Candy. Luego bajó la vista de nuevo.

—Se lastimó la mano con una máquina —dijo Candy.

La esposa de Curley rio.

—Bueno, Máquina, más tarde hablaré contigo; me agradan las máquinas.

Candy se interpuso:

—Déjelo tranquilo, no se meta con él. Le diré a George lo que ha dicho. Él no la dejará molestarlo.

—¿Quién es George? ¿El pequeñín que vino contigo?

Lennie respondió alegre:

—Así es —dijo—. Ese es George, y me va a dejar cuidar los conejos.

—Yo también puedo darte un par de conejos, si eso es lo que quieres.

Crooks se levantó y se paró justo frente a la mujer.

—Es suficiente —dijo molesto—. Usted no tiene derecho a entrar en el cuarto de un negro, ni siquiera de acercarse a él. Váyase enseguida; de lo contrario le diré al patrón que ya no la deje venir al granero.

Indignada, se volvió para mirarlo.

—Óyeme bien, negro —dijo con desprecio—. ¿Sabes lo que puedo hacer si vuelves a decir algo?

Crooks la miró con temor, luego retrocedió y se sentó en su camastro.

La mujer lo siguió hasta donde estaba.

—¿Sabes de lo que soy capaz?

Crooks pareció encogerse y se apretó contra la pared.

—Sí, señora.

—Entonces aprende a respetar, negro. Es muy fácil, demasiado fácil para mí hacer que te cuelguen de un árbol, tan fácil que no sería divertido.

Crooks se había reducido a la nada. No era nadie ni nada que pudiera disgustar. Repitió:

—Sí, señora.

Y su voz sonó hueca.

Durante un momento continuó parada junto a él, esperando cualquier movimiento de su parte para atacar de nuevo. Pero Crooks permanecía inmóvil, desviando la mirada, replegado en sí mismo para aislarse de cualquier dolor. Al final, la mujer se volvió hacia los otros dos.

Asombrado, el anciano Candy la observaba.

—Si hace eso—dijo quedamente— nosotros diríamos lo que pasó de verdad.

—Háganlo —repuso la mujer—. Nadie les creerá, lo saben bien. Nadie les prestaría atención.

Candy se rindió.

—No… —asintió—. Nadie nos creería.

—¿Cuándo regresa George? —dijo lastimeramente Lennie—. Quiero que vuelva.

Candy se aproximó a él.

—No te apures. Acabo de oírlos regresar. George ya debe estar en el barracón, junto con los demás. —Se volvió hacia la mujer de Curley—. Haría bien en irse ya— aconsejó despacio—. Si lo hace, no le contaremos a Curley que estuvo aquí.

Ella lo miró con fría suspicacia.

—Dudo que los hayas escuchado regresar.

—Si no está segura, lo mejor es que me crea. No corra el riesgo.

Ella volteó hacia Lennie.

—Qué bueno que golpeaste a Curley. Se lo andaba buscando; en ocasiones yo misma quiero hacerlo.

Salió por la puerta y se perdió en la oscuridad del granero. A su paso por el establo tintinearon las cadenas de los ronzales, y se escucharon algunos resoplidos y el ruido de los cascos de algunos caballos.

Lentamente, Crooks salió del refugio donde se había protegido.

—¿Es verdad que escuchó que los muchachos volvían? —preguntó.

—Es cierto.

—Yo no oí nada.

—Hace rato la puerta sonó —informó Candy. Y prosiguió—: Cielos, qué poco ruido hace esa mujer al moverse. Me imagino que tiene mucha práctica.

Crooks evitó hablar en absoluto del tema.

—Quizá es mejor que se marchen —sugirió—. Creo que no deseo que sigan más aquí. Un negro debe de tener algún derecho.

—Esa perra —opinó Candy— no debió decirle eso.

—No es nada —musitó débil Crooks—. Al venir a sentarse aquí, ustedes me ayudaron a olvidar. Es cierto lo que ella dijo.

En el establo se escuchó el resoplido de los caballos y el tintineo de las cadenas. Una voz llamó:

—Lennie. Eh, Lennie, ¿andas aquí?

—¡Es George! —exclamó Lennie. Y respondió—: ¡Aquí, George! ¡Aquí estoy!

Un instante después, George apareció en la entrada de la puerta, y desde ahí lanzó una mirada de desaprobación.

—¿Qué haces en el cuarto de Crooks? No debes estar aquí.

Crooks asintió.

—Les advertí lo mismo, pero de todas maneras entraron.

—¿Y entonces por qué no los corrió a patadas?

—No me molestaban —respondió Crooks—. Lennie es un buen sujeto.

En ese momento, Candy reaccionó:

—¡Por cierto, George! He estado haciendo cuentas y cuentas, y ya sé cómo podemos ganar dinero con los conejos.

George frunció el entrecejo.

—Creo haberles dicho que no le dijeran nada a nadie.

—Solo se lo dijimos a Crooks —explicó Candy, avergonzado.

—Está bien —ordenó George—, en este momento los dos se van de aquí. ¡Santo Cielo!, parece que no puedo dejarlos solos ni un momento.

Candy y Lennie se levantaron y se dirigieron a la puerta. Crooks exclamó:

—¡Candy!

—¿Si?

—¿Recuerda lo que le dije? ¿Sobre el trabajo que yo podía realizar?

—Sí, lo recuerdo.

—Bueno, olvídelo. Era una broma, en realidad no me gustaría ir a un lugar así.

—Está bien, si eso piensa… Buenas noches.

Los tres se marcharon. Cuando pasaron por el establo se escuchó el resoplido de los caballos y el repiqueteo de las cadenas de los ronzales.

Sentado en su camastro, Crooks dejó de mirar hacia la puerta y buscó el frasco de linimento con la mano. Levantó su camisa hasta el cuello y con un poco de linimento en la palma rosada, comenzó a frotarse despacio la espalda.

CAPÍTULO 6

En una esquina del enorme granero habían apilado heno fresco, y encima colgaba de su polea la horquilla mecánica de cuatro puntas. Entre la montaña de heno y el otro extremo del granero había un espacio libre, destinado para la nueva cosecha. A los lados estaban los pesebres, de donde asomaban las cabezas de los caballos.

Era domingo por la tarde. Los caballos descansaban mientras daban mordiscos al resto de las hojas de heno y a la madera del pesebre; hacían sonar sus cascos y ronzales. El sol vespertino se colaba por las grietas de los muros del granero y caía en brillantes líneas paralelas sobre el heno. Un zumbido de moscas, perezoso susurro de la tarde, flotaba en el aire.

Afuera las herraduras tintineaban al chocar con la estaca de juego, y los hombres, excitados, clamaban mientras jugaban, se animaban y mofaban. Pero en el granero imperaba la quietud, el zumbido, la pereza y el calor.

Solamente Lennie se encontraba en el granero. Se había sentado en el heno junto a un cajón, bajo un pesebre. Miraba a un cachorro inerte que yacía frente a él. Lo miraba detenidamente, y después con su enorme manaza lo acarició de la cabeza a la cola.

Dijo dulcemente al perrito:

—¿Por qué tenías que morirte? No eres tan chiquito como un ratón. Y tampoco te pegué muy fuerte.

La cabeza del cachorro colgaba hacia atrás, mientras seguía diciéndole:

—Si George averigua que has muerto, tal vez ya no me deje cuidar los conejos.

Hizo un hoyo en el heno, metió en él al cachorro y lo cubrió para esconderlo. Cuando terminó, continuó mirando el lugar.

—Esto —prosiguió— no es algo tan malo como para que deba ocultarme en el matorral. ¡Claro que no! No es para tanto. Le diré a George que te hallé muerto.

Sacó al cachorro de la paja, lo revisó y volvió a acariciarlo desde la cabeza a la cola. Y continuó diciendo apesadumbrado:

—Pero lo va a averiguar. George siempre se da cuenta de las cosas. Va a decir: "Tú lo mataste, no intentes tomarme el pelo". Y también: "Ya no vas a cuidar los conejos".

De repente, estalló en ira.

—¡Con un demonio! —exclamó—. ¿Por qué tenías que morirte? No eres tan pequeño como los ratones.

Tomó al perrito con las manos y lo lanzó lejos. Le dio la espalda y se acomodó, rodeándose las rodillas con los brazos. Luego musitó:

—Ya no van a dejarme cuidar a los conejos. George no me dejará.

En medio de su desgracia, se mecía hacia adelante y atrás. Afuera tintineaban las herraduras contra la estaca de metal, seguido del estallido de un breve vocerío. Lennie se levantó y buscó al perrito, lo acostó en la paja y se sentó. De nuevo, acarició al cachorro.

—Te faltaba crecer —musitó—. Me dijeron varias veces que aún no eras lo suficientemente grande. No sabía que era muy fácil que murieras.

Tomó entre los dedos la oreja inerte del animalito.

—Tal vez George no se enoje —se animó—. Este hijo de perra no significaba nada para George. Tal vez no le importe.

La mujer de Curley entró en el granero después de rodear el último pesebre. Caminaba con sigilo, así que Lennie no la vio. Llevaba puesto su vistoso vestido de algodón y las zapatillas con rojas plumas de avestruz. Sus rizos, como salchichas, caían en orden, y su rostro había sido excesivamente maquillado. Se acercó mucho a Lennie antes de que él se percatara de su presencia.

Aterrorizado, Lennie cubrió con heno al cachorro. Y después miró molesto a la mujer.

—¿Qué tienes ahí, bebé? —preguntó ella.

Lennie la miraba disgustado.

—George dice que no tengo nada que hacer con usted; que no le hable.

—¿George? —dijo divertida—. ¿Siempre te da órdenes?

Lennie bajó la mirada.

—Dice que no me dejará cuidar de los conejos si le hablo a usted o hago algo parecido.

—George —opinó tranquilamente la mujer— le tiene miedo a Curley. Pero Curley tiene la mano lastimada... y si se llega a enojar muy bien le puedes romper la otra mano. A mí no me toman el pelo con el cuento ese de que una máquina se la hirió.

Lennie se mantuvo firme.

—No, señora. No hablaré con usted, ni nada.

Ella se sentó en el heno sobre las rodillas, junto a él.

—Mira, todos están jugando a las herraduras. Apenas son las cuatro y nadie va a dejar de jugar. ¿Por qué no podemos platicar? Nunca platico con nadie, y me siento tan sola...

—Pero yo no debo hablar con usted, ni nada.

—Me siento muy sola. En cambio, tú puedes hablar con cualquiera. Yo solo puedo hacerlo con Curley, o si no se enoja. ¿Te gustaría no poder hablar con nadie?

—Pero yo no debo hablar. George no quiere que me meta en problemas.

Ella cambió el tema.

—¿Qué estás ocultando ahí?

En ese instante Lennie volvió a sentirse desgraciado.

—Solo es mi perrito —musitó con tristeza—. Mi cachorrito.

Y descubrió el pequeño cuerpo.

—¡Pero está muerto!

—Era tan pequeño. Yo solo estaba jugando con él… y trató de morderme… y yo hice como que le pegaba y… le pegué. Y luego se murió.

—No estés triste— lo consoló la mujer—. Era un perrito como hay muchos. Puedes conseguir otro fácilmente, hay infinidad de ellos.

—No se trata de eso— explicó Lennie despacio—. Ahora George ya no va a dejarme cuidar a los conejos.

—¿Por qué?

—Porque me advirtió que si hacía más tonterías no me dejaría cuidar a los conejos.

Ella se aproximó más y trató de consolarlo.

—Que no te preocupe el hablar conmigo. Escucha los gritos de los muchachos allá afuera. Apostaron cuatro dólares en ese juego, así que ninguno vendrá antes de que terminen.

—Si George me ve platicando con usted, me va a regañar —dijo Lennie cauteloso—. Me lo dijo.

La mujer montó en cólera.

—¿Qué sucede de malo conmigo? —gritó—. ¿No tengo derecho a hablar con alguien? ¿Qué piensan que soy? Tú eres una buena persona, así que no me explico por qué no puedo hablar contigo. No te hago daño alguno.

—Es que George dice que nos va a meter en problemas.

—¡Bah, qué tontería! ¿Qué daño te hago? Tal parece que a nadie le importa cómo tengo que vivir yo. Yo no estoy acostumbrada a esto. Podría haber vivido de otra manera. —Y luego añadió afligida—: Tal vez pueda hacerlo todavía. —Y entonces sus palabras salieron a borbotones, como si no tuviera tiempo que perder antes de que le arrebataran a quien la escuchaba—. Desde muy niña yo vivía en el pueblo de Salinas. Entonces nos visitó una compañía de teatro y uno de los actores me dijo que podía acompañarlos. Pero mi madre no me dio permiso, porque tan solo tenía quince años. Si hubiera ido, no estaría viviendo de esta manera, te lo aseguro.

Lennie acariciaba una y otra vez al cachorro.

—Compraremos un terreno… y conejos —explicó.

—En otra ocasión —continuó ella rápidamente con su relato, antes de que pudiera interrumpirla— conocí a un hombre que trabajaba en la industria del cine. Fuimos al Palacio de la Danza y me dijo que me ayudaría a ser actriz de cine porque yo había nacido para ser una artista. En cuanto él llegara a Hollywood, me iba a escribir. —Miró a Lennie para ver si sus palabras lo habían dejado impresionado—. La carta nunca me llegó. Estoy segura de que mi madre la robó. En fin, no iba a permanecer en un sitio donde no me dejaban ir a ningún lado y ser alguien, y donde además me robaban las cartas. Cuando le pregunté si ella la había tomado, me dijo que no. Entonces me casé con Curley. Esa misma noche lo conocí en el Palacio de la Danza. ¿Estás escuchándome?

—¿Yo? Seguro.

—Esto no se lo he dicho a nadie y tal vez no debería decírtelo. El caso es que no me agrada ese Curley. No me gusta. —Y puesto que había depositado su confianza en Lennie, decidió sentarse junto a él—. Ahora mismo podría estar trabajando en el cine y tener bonitos vestidos, como todas las artistas. Y podría hospedarme en esos hoteles tan lujosos y posar para las fotos. Y podría asistir a los estrenos y hablar por radio. Y todo eso no me costaría nada porque sería muy famosa. Y mis vestidos serían tan hermosos como los que más, porque ese hombre dijo que yo había nacido para ser una artista.

Levantó la mirada hacia Lennie y movió pomposamente el brazo y la mano para demos-

trarle su arte. Dobló la muñeca y separó no-
toriamente el meñique del resto de los dedos.
Lennie suspiró. Se escuchó el tintineo de una
herradura sobre el metal, y enseguida un vocerío emocionado.

—Alguien ensartó la herradura —comentó la
mujer de Curley.

La luz del ocaso se elevaba. Sus rayos subían
por las paredes y se dejaban caer sobre los pesebres y las cabezas de los caballos.

—Quizá —murmuró Lennie— si me llevara
al cachorrito y lo lanzara muy lejos, George nunca sabría lo que pasó. Entonces podría cuidar a
los conejos.

—¿Solamente piensas en conejos? —preguntó con coraje la mujer de Curley.

—Tendremos un pedazo de tierra —repitió
con paciencia Lennie—. Tendremos una casa y
una huerta y un campo de alfalfa, que será para
los conejos. Yo voy a recoger un montón de alfalfa para los conejos.

—¿Por qué te gustan tanto los conejos? — preguntó la mujer.

Lennie se vio en la necesidad de pensar muy
bien su respuesta. Se aproximó con cuidado a la
mujer, hasta que quedó junto a ella.

—Me gusta acariciarlos. Un día en una feria vi a unos de pelo largo. Vaya que eran lindos. A veces tengo que conformarme con acariciar ratones.

La mujer de Curley se separó un poco de Lennie y dijo:

—Estás loco.

—No, no es verdad —repuso Lennie—. George dice que no estoy loco. Solamente me agrada acariciar cosas bonitas, suaves.

—Bueno —dijo ella, un poco tranquilizada—, ¿y a quién no le gusta? A todos les gusta. A mí, por ejemplo, me gusta tocar la seda y el terciopelo. ¿A ti te gusta acariciar el terciopelo?

—Dios, sí —respondió Lennie con alegría—. Tuve un poco de terciopelo hace tiempo. Una señora me regaló un poco, y esa señora era... mi tía Clara. Me dio... un trozo así de grande. Cómo me gustaría tener ahora conmigo ese terciopelo. —Arrugó el entrecejo—. Pero se me perdió. Hace mucho que no lo veo.

—Estás loco de remate —dijo riéndose la mujer de Curley—. Pero no eres malo. Eres como un niño grande, y aun así puedo entender lo que dices. En ocasiones cuando me peino me gusta quedarme acariciando mi cabello porque es muy suave. —Hizo el además de pasarse los dedos sobre la cabeza—. Algunos tienen el pelo muy áspero —dijo satisfecha—, por ejemplo, Curley. Su cabello es como el alambre. Pero yo lo tengo bonito y sedoso. Por supuesto, me lo cepillo mucho, y lo mantengo suave. Mira, toca… —cogió la mano de Lennie y se la puso en la cabeza—. Toca aquí y verás lo suave que es.

Lennie comenzó a acariciarle el cabello con sus grandes dedos.

—No lo enredes —solicitó ella.

—¡Oh, qué hermoso! —exclamó Lennie, y lo acarició más fuerte—. ¡Qué hermoso!

—Con cuidado, me lo puedes enredar. —Y a continuación gritó colérica—: ¡Suficiente! ¡Me vas a enredar todo el cabello! —Hizo violentamente a un lado la cabeza, pero los dedos de Lennie se cogieron de sus cabellos y los apretaron.

—¡Suéltame ya! ¡Suéltame!

Lennie se sintió presa del pánico y su rostro se desdibujó. La mujer gritó y Lennie le tapó la boca y la nariz con la otra mano.

—No, por favor —suplicó—. ¡Oh! Por favor, no haga eso. George se va a enojar conmigo.

Ella luchaba con todas sus fuerzas bajo las enormes manos. Sacudió las piernas sobre la paja, al igual que todo su cuerpo para poder liberarse. Bajo la mano de Lennie se escapó un chillido ahogado. Lennie comenzó a dar gritos de terror.

—¡Oh! Por favor, no haga eso —suplicó de nuevo—. George va a decir que cometí otra tontería, y no me va a dejar cuidar a los conejos. —Retiró un poco la mano, y se escuchó un grito furioso. Entonces Lennie montó en cólera—. Le he dicho que no. No quiero que grite, me va a meter en problemas como dijo George. No haga eso. —Y la mujer siguió luchando, con los ojos saltados de sus órbitas debido al terror—. Deje de gritar —increpó Lennie, y la sacudió. El cuerpo de la mujer quedó exangüe como el de un pez. Después se quedó quieta porque Lennie le había roto el cuello.

Él la miró y retiró con cautela la mano de la boca. La mujer no se movía.

—No quiero hacerle daño —susurró—, pero George se va a enojar conmigo si la escucha gritar.

Cuando se dio cuenta que no respondía ni se movía, se inclinó muy cerca de ella. Le levantó el brazo y lo dejó caer. Durante un segundo la contempló sin dar crédito a lo que veía. Después, musitó aterrorizado:

—Hice algo malo. De nuevo he hecho algo malo.

Usó sus grandes manos para ocultar el cuerpo en la paja. Se escuchó desde afuera el vocerío de hombres y un doble tintineo de herraduras sobre el metal. Por primera vez, Lennie fue consciente del exterior. Se agachó en el heno y puso atención.

—Esta vez sí he hecho algo muy malo —volvió a decir—. No debí hacerlo, George se va a enojar. Me dijo que me ocultara en el arbusto hasta que él llegara. Se va a enojar. En el arbusto hasta que él me alcance, eso dijo. —Volvió tras de sí y miró el cuerpo inerte. El cachorro yacía junto a ella. Lennie lo levantó—. Lo voy a lanzar muy lejos. Con ella ya es suficiente. —Se guardó el cachorro en la chaqueta y avanzó agachado hasta llegar a la pared del granero. Espió por las rendijas el juego de herraduras y después llegó al último pesebre, lo rodeó y desapareció.

Las líneas paralelas del sol habían trepado la pared, y la luz en el granero se debilitaba cada vez más. La mujer de Curley yacía boca arriba, cubierta a medias por la paja.

En el granero la calma era absoluta, y la quietud vespertina había llegado al rancho. Asimismo, el ruido de las herraduras y de los hombres jugando había menguado. La atmósfera crepuscular en el interior del granero se adelantó a la del exterior. Una paloma entró volando por la puerta y, tras volar en círculo, salió. Una perra ovejera, flaca y larguirucha, de tetas pesadas y oscilantes, entró rodeando el último pesebre. Se dirigió al cajón donde estaban los cachorros y a medio camino percibió el olor a muerte de la mujer de Curley. Se le erizaron los pelos del lomo, lanzó un débil gemido y con cautela se aproximó al cajón para reunirse con sus cachorros.

El cuerpo de la mujer estaba expuesto a medias por debajo del heno. Los proyectos, la ruindad, la insatisfacción y la ansiedad por ser atendida habían abandonado su rostro. Estaba muy bella y sencilla, con una cara dulce y joven. El colorete de sus mejillas y el labial de sus labios la hacían parecer todavía viva, como si estuviera dormida. Sus rizos caían sobre el heno; los labios semiabiertos.

Como a veces sucede, el tiempo se quedó suspendido. El sonido mismo se detuvo, al igual que ese momento.

Después, poco a poco, el tiempo despertó y volvió a avanzar perezosamente. Los caballos hi-

cieron sonar sus cascos al otro lado de los pesebres y los ronzales de sus cadenas. Y afuera las
voces de los hombres sonaban con mayor fuerza
y claridad.

La voz de Candy se escuchó al otro lado, donde estaba el último pesebre.

—¡Lennie! —llamó—. ¡Eh, Lennie! ¿Andas
ahí? He estado haciendo más cuentas y ya sé qué
más podemos hacer.

El anciano rodeó el último pesebre.

—¡Hey, Lennie! —gritó de nuevo. Luego
se detuvo y se puso tieso. Con la blanca barba se
rascó la muñeca—. No sabía que usted estaba en
este lugar —dijo a la mujer de Curley.

Ella no contestó, así que decidió acercarse más.

—Este no es un sitio adecuado para dormir
—dijo con desagrado; entonces llegó hasta donde se encontraba el cuerpo y… —. ¡Santo Cielo!
—la miró atónito mientras se frotaba el muñón
con la barba. A continuación de un salto salió
del granero.

El granero volvió a tener vida. Los caballos
lanzaban coces y resoplidos, masticaban el heno
de sus camas y hacían tintinear las cadenas de sus
ronzales. Enseguida regresó Candy, esta vez con
George.

—¿Por qué me traes aquí? —inquirió George.

Candy señaló el cuerpo de la mujer de Curley. George la miró con ojos atónitos.

—¿Qué le sucede? —preguntó. Se acercó un poco más y después repitió las palabras de Candy—: ¡Santo Cielo! —Luego se arrodilló frente a ella y le colocó una mano sobre el corazón. Al fin, se levantó lentamente, rígido, con expresión dura, la tez oscura como la madera y los ojos endurecidos.

—¿Qué le ha ocurrido? —preguntó Candy.

—¿No puedes imaginarlo? —repuso George con frialdad. Candy guardó silencio—. Debí haberlo sabido —balbuceó George angustiado—. Quizá en lo más profundo de mi ser ya lo sabía.

—¿Qué vamos a hacer ahora, George? —exclamó Candy—. ¿Qué vamos a hacer?

George respondió tras un largo rato.

—Me parece… que… tendremos que comunicárselo a los demás. Creo que vamos a tener que hallarlo y atraparlo. No podemos permitir que huya; el pobre diablo se moriría de hambre. —Después intentó calmarse—. Quizá lo encierren en una prisión y lo traten bien.

Sin embargo, Candy dijo sobresaltado:

—No, es preciso dejar que se escape. Tú no sabes cómo es ese Curley. Él va a querer lincharlo, hará que lo maten.

George miró los labios de Candy, y finalmente dijo:

—Tienes razón, Curley va a querer matarlo. Y hará que los demás lo maten —se volvió para mirar el cuerpo inerte de la mujer.

Y Candy habló de lo que más temía:

—Tú y yo compraremos el terreno, ¿no es así, George? Tú y yo podemos tener una buena vida ahí, ¿verdad que sí?, ¿verdad, George?

Pero Candy dejó caer la cabeza y miró el heno antes de que George le respondiera. Sabía la respuesta de antemano.

—Me parece —dijo George por lo bajo— que ya lo sabía, que siempre lo supe. Sabía que jamás podríamos lograrlo. Le gustaba tanto escuchar hablar de eso que llegué a creer que era posible.

—¿Entonces todo se terminó? —inquirió Candy, esquivo.

George no respondió, pero en cambio dijo:

—Trabajaré el mes entero, cobraré mis cincuenta dólares y pasaré toda la noche con las mujeres de alguna casa inmunda. O iré a una casa de juego y me quedaré jugando hasta que todos se hayan ido. Después volveré y trabajaré otro mes, y cobraré otros cincuenta dólares.

—Es tan bueno —afirmó Candy—. Es un hombre tan bueno… que nunca me imaginé que pudiera hacer algo semejante.

—Lennie no lo hizo por malicia —aseguró George, mirando aún a la mujer de Curley—. En muchas ocasiones ha hecho cosas malas, pero jamás por malicia. —Se enderezó y miró a Candy—. Escúchame bien, tenemos que comunicárselo a los muchachos. Supongo que van a querer atraparlo. No hay otra opción. Tal vez no le hagan daño. —Y entonces agregó de golpe—: No permitiré que lo lastimen. Escucha, los muchachos pueden pensar que yo tuve que ver en esto. Así que ahora me voy a ir al barracón. Sal dentro de un momento y diles a los muchachos lo sucedido, luego yo vendré y simularé que no sabía nada. ¿Lo harás como te digo? Así ellos no pensarán que yo tuve que ver en esto.

—Seguro que sí, George —asintió Candy—. Claro que lo haré.

—Entonces dame un par de minutos y sal corriendo para decirles que acabas de encontrarla. Ya me voy.

George salió aprisa del granero y el anciano lo siguió con la mirada. Después se volvió para ver con desesperanza a la mujer de Curley y, poco a poco, su dolor y su coraje crecieron:

—Perra maldita —dijo con rencor—. Al fin conseguiste lo que querías, ¿no es así? Seguramente ya estarás satisfecha. Todos sabían que traías la desgracia contigo. No servías ni sirves para nada, perra inmunda. —Lo avasalló un sollozo y la voz se le quebró—. Yo hubiera podido cuidar la huerta y lavado la loza para ellos.— Se detuvo un momento y continuó repitiendo en una cantinela las palabras bien conocidas—: Si llega un circo o hay un partido de pelota... podemos ir a verlo... solamente decimos: "al demonio con el trabajo"... y vamos, sin más. No es necesario pedirle permiso a nadie. Y podíamos tener una vaca y gallinas... y en invierno... la cocina... y la lluvia en el tejado... y nosotros ahí sentados. —Sus ojos se cegaron con las lágrimas. Se volvió y salió despacio del granero, frotándose el muñón con la áspera barba.

Afuera se detuvo el ruido del juego y surgieron las preguntas. Un estruendo de pies que corrían irrumpió en el granero. Eran Slim, Carlson, el joven Whit y Curley. Crooks iba hasta atrás para

no llamar la atención de los demás. Candy llegó
después y, al final, George. Llevaba abotonada su
chaqueta de estameña azul y puesto el sombrero
negro. Los hombres, corriendo, rodearon el último pesebre. En la penumbra, quietos, miraron a
la mujer de Curley.

Slim se aproximó lentamente a la mujer y le
tomó el pulso de la muñeca. Su delgado dedo
le tocó la mejilla, la mano exploró la nuca y el
cuello. Slim se enderezó, los demás se acercaron
y entonces se rompió el hechizo.

Curley pareció volver en sí.

—Yo sé quién fue —afirmó—. Ese maldito
grandulón, ese hijo de perra fue el culpable. Sé
bien que fue él. ¿Quién más si el resto estaba jugando a las herraduras? —Poco a poco, su ira cre-
ció—. Ya se las verá conmigo, iré por la escopeta
y yo mismo lo mataré. Maldito hijo de perra, le
volaré las tripas a tiros. Andando, muchachos.

Corrió frenético fuera del granero. Carlson
dijo:

—Voy a ir por mi Luger. —Y también salió
corriendo.

Slim se volvió despacio hacia George.

—Al parecer fue Lennie —afirmó—. El cuello está roto, y Lennie puede hacer eso.

George guardó silencio y luego despacio asintió con la cabeza. Se había calado el sombrero hasta los ojos.

—Quizá —prosiguió Slim— pasó algo similar a lo de Weed, lo que me contaste.

George asintió de nuevo. Y Slim suspiró.

—Creo que tenemos que buscarlo. ¿Dónde piensas que ha ido?

Parecía como si George necesitara de un rato para poder hablar.

—Creo que… ha de… ha de haber ido al sur. Veníamos del norte, así que debe haber ido hacia el sur.

—Creo que tenemos que buscarlo —volvió a decir Slim.

George se aproximó a él.

—¿Podemos traerlo aquí y tal vez encerrarlo? Está fuera de sus cabales, Slim. No lo hizo por maldad.

—Sí, podemos —asintió Slim—. Pero primero tendríamos que inmovilizar aquí a Curley. Él va a querer matarlo, todavía está furioso por el incidente de su mano. Además, imagínate que lo atrapan, lo amarran y lo meten en una celda. Eso empeoraría todo, George.

—Lo sé —balbuceó George—. Lo sé.

Carlson entró a toda prisa.

—Ese perro me ha robado mi Luger —exclamó—. Ya no está en la bolsa.

Curley venía detrás y llevaba en una mano la escopeta. Ya se había calmado.

—Bueno, muchachos —comentó—, el negro tiene una escopeta. Tú llévala, Carlson. Cuando lo veas no le tengas piedad, tírale a las tripas.

—Yo no tengo un arma —dijo Whit excitado.

—Tú ve a Soledad y trae a la policía. El jefe es Al Wilts. Andando. —Curley miró con suspicacia a George—. Tú nos acompañarás, amigo.

—Sí —accedió George—. Iré. Pero escúcheme, Curley. Ese pobre diablo está loco, no lo maten. No sabía lo que hacía.

—¿Que no lo matemos? —exclamó Curley—. Se llevó la pistola de Carlson. Por supuesto que vamos a matarlo.

—Quizá Carlson extravió su pistola —sugirió débilmente George.

—Hoy por la mañana la vi —afirmó Carlson—. No, me la robaron.

Slim seguía observando a la mujer. Al fin, se dirigió a Curley:

—Curley… tal vez sea mejor que se quede con su mujer.

—No, yo también voy —contestó Curley iracundo—. Yo mismo le volaré las tripas a ese hijo de perra, aunque sea con una sola mano. Yo mismo lo mataré.

—Entonces —dijo Slim volviéndose hacia Candy— acompáñala tú, Candy. Los demás, andando.

Todos comenzaron a moverse. George se detuvo un momento junto a Candy y ambos miraron a la mujer muerta hasta que Curley le dijo:

—¡Hey, tú George! Tienes que acompañarnos para que nadie piense que tuviste algo que ver con esto.

George echó a andar lentamente tras los demás, arrastrando los pies.

Una vez que todos se habían alejado, Candy se puso en cuclillas sobre el heno y examinó el rostro de la mujer.

—¡Pobre diablo! —musitó quedamente.

Los pasos se alejaron. La oscuridad de la noche aumentó paulatinamente, y los caballos con el movimiento de sus patas hacían tintinear las cadenas de los ronzales. El anciano se recostó en el heno y se cubrió los ojos con un brazo.

CAPÍTULO 7

La calma moraba ese atardecer en la profunda laguna del río Salinas. El sol se había retirado del valle y subía por las laderas de las montañas Gabilán, coloreando de rosa las cumbres. Entre los sicomoros veteados, junto a la laguna, caía una agradable sombra.

Una culebra se deslizaba sigilosamente en el agua, moviendo en zigzag la cabeza por encima del agua; nadó a lo largo de la laguna hasta llegar a las patas de una garza parada en los bajos. En silencio, el ave engulló al reptil mientras este sacudía la cola con frenesí.

A lo lejos se escuchó el susurro del viento y una ráfaga de aire agitó las copas de los árboles. Las hojas de sicomoro voltearon hacia arriba sus dorsos plateados; las quebradizas hojas marrones que yacían sobre el suelo levantaron el vuelo. Y sobre la verde superficie del agua se dibujaron pequeñas ondas que viajaban hasta la otra orilla.

La ráfaga de viento duró un breve momento, y el claro quedó de nuevo en calma. En las aguas bajas seguía al acecho la garza, inmóvil. Otra pequeña culebra nadó por la laguna, volteando de un lado a otro la cabeza.

En ese momento apareció Lennie entre los matorrales, se movía en silencio como un oso. La garza batió las alas en el aire, se elevó y emprendió el vuelo río abajo. La pequeña culebra se deslizó entre los juncos de la ribera.

Lennie se aproximó sigilosamente a la orilla de la laguna. Se puso de rodillas y bebió, apenas tocando el agua con los labios. Detrás de él, un pajarito echó a correr sobre la hojarasca. Lennie levantó la cabeza para investigar el motivo del ruido y entonces vio al ave. Más tranquilo, volvió a inclinarse para beber.

Después, tomó asiento en la orilla de lado a la laguna para poder ver el sendero. Se abrazó las rodillas y apoyó su barbilla en ellas.

La luz continuó su huida del valle, trepando hasta las cumbres de las montañas.

—No lo olvidé, no señor —musitó Lennie—. Demonios, sabía que tenía que ocultarme en el matorral y aguardar a George. —Se bajó de un tirón el ala del sombrero sobre los ojos—. George me va a regañar, me va a decir que le gustaría estar solo para que yo no lo moleste tanto. —Giró la cabeza y contempló las iluminadas cumbres de las montañas—. Tal vez podría ir hacia allá y buscar una cueva. —Luego prosiguió melancólicamente—: Y nunca tendré salsa de tomate… pero no importa. Si George no me quiere… me marcharé… me marcharé.

Entonces surgió de la cabeza de Lennie una viejita robusta. Llevaba puestos anchos anteojos y un enorme delantal de lino con bolsas; estaba almidonada y limpia. Se paró frente a Lennie apoyando las manos en la cadera, frunciendo el entrecejo y lanzándole una mirada de desaprobación. Después habló utilizando la voz de Lennie:

—Te lo dije muchas veces. Infinidad de veces: Haz lo que George te diga porque él es bueno y te protege. Pero nunca haces caso. Siempre haces tonterías.

Y Lennie respondió:

—Lo quise hacer, tía Clara. Quise y quise, señora, pero no pude evitarlo.

—Nunca piensas en George —prosiguió la viejecita con la voz de Lennie—. Y él, siempre velando por ti. Si él consigue algo de comida, siempre te comparte la mitad. Y si hay salsa de tomate, te la da toda.

—Lo sé —musitó Lennie afligido—. Traté de portarme bien, tía Clara. Lo intenté muchas veces.

Ella lo interrumpió:

—¡George podría estar muy bien de no ser por ti! Con su sueldo se podría divertir de lo lindo con las mujeres de cualquier pueblo, y por las noches se la viviría jugando a los dados y al billar. Pero claro, tiene que ocuparse de ti.

—Lo sé, tía Clara —sollozó Lennie agobiado—. Me marcharé a las montañas y viviré en una cueva para no molestarlo más.

—Claro, eso dices siempre —reconvino bruscamente la viejecita—. Te la pasas repitiendo eso, pero bien sabes, condenado, que nunca lo vas a hacer. Vas a continuar a su lado y seguirás haciéndole la vida imposible, siempre, siempre.

—Pero puedo marcharme —murmuró Lennie—. Ahora George ya no me dejará cuidar los conejos.

La tía Clara se desvaneció, y entonces de la cabeza de Lennie apareció un conejo gigante. El conejo se sentó frente a él, movió las orejas y frunció el hocico. También habló con la voz de Lennie.

—Cuidar los conejos —dijo mofándose—. Estás tan loco que ni siquiera podrías limpiarle los zapatos a un conejo. Te olvidarías y los harías pasar hambre. Eso es lo que pasaría, ¿y qué diría George?

—No los olvidaría —objetó Lennie enérgico.

—Claro que sí —volvió a insistir el conejo—. Ni siquiera vales el asador con el que te quemarán en el infierno. Dios sabe bien que George ha hecho hasta lo imposible para sacarte del agujero. No te dejará cuidar de los conejos, no lo hará. Es más, te va a dar una paliza, eso es lo que hará.

Lennie repuso enojado:

—George no va a hacer nada de eso, lo conozco desde… Bueno, ya no lo recuerdo bien. Pero nunca me ha amenazado con un palo. Él es bueno conmigo pero de nada ha servido. George no me dejará. Y no va a cambiar.

—Sí, pero ya se cansó de ti. Te va a dar una soberana paliza, y después te va a abandonar.

—¡No! —gritó Lennie con desesperación—. No hará nada de eso. Conozco a George, él y yo nos ayudamos uno al otro.

Pero el conejo volvió a decir, una y otra vez:

—Te va a abandonar, loco. Te va a dejar solo. Te va a abandonar, loco.

Lennie se cubrió las orejas con las manos.

—¡No! ¡No lo hará! —gritó—. Y después dijo lastimeramente—: ¡Oh, George! George... ¡George!

George salió en silencio de entre los arbustos y el conejo corrió a ocultarse de nuevo en el cerebro de Lennie.

—¿Por qué demonios gritas? —preguntó suavemente George.

Lennie se arrodilló.

—Nunca me dejarás, George. ¿Verdad que no?

George se aproximó con torpeza y tomó asiento junto a él.

—No.

—Lo sabía, tú no serías capaz de hacerlo.

George se quedó callado.

—George —dijo Lennie.

—¿Si?

—De nuevo me he portado mal.

—No tiene importancia —dijo George, y volvió a callarse.

Únicamente las cumbres más altas seguían iluminadas por el sol. En el valle había caído una sombra azulada y suave. A la distancia se escuchó el rumor de hombres que se aproximaban y hablaban entre sí. George giró la cabeza y puso atención.

—George —dijo Lennie otra vez.

—¿Sí?

—¿Me vas a regañar?

—¿Regañarte?

—Sí, como siempre lo haces. Así, mira: "Si no tuviera que traerte conmigo, cobraría mis cincuenta dólares..."

—¡Por la corona de Cristo, Lennie! No recuerdas nada de lo que pasa, pero no se te olvida una sola de mis palabras.

—Entonces, ¿no lo vas a hacer?

George se turbó. Luego dijo quedamente:

—Si estuviera solo podría vivir mucho mejor... —Su voz sonaba neutra—. Podría conseguir trabajo y no tener problemas. —Y dejó de hablar.

—Continúa —pidió Lennie—. Y cuando llegara el fin de mes...

—Y cuando llegara el fin de mes cobraría mis cincuenta dólares y me los gastaría en... un prostíbulo... —Se detuvo otra vez.

Lennie lo miró ansioso.

—Continúa, George. ¿Ya no me vas a regañar?

—No —sostuvo George.

—Bueno, yo podría marcharme. Ahora mismo podría marcharme a las montañas para vivir en una cueva si ya no deseas estar conmigo.

George se estremeció de nuevo.

—No, quiero que estés conmigo.

Lennie dijo hábilmente:

—Háblame como antes.

—¿Qué quieres escuchar?

—Dime eso de los otros hombres y nosotros.

—Los que son como nosotros —comenzó a decir George— no tienen una familia. El poco dinero que ganan se lo gastan. Y a nadie en el mundo le importa un comino lo que les ocurra.

—¡Pero con nosotros es distinto! —exclamó Lennie lleno de alegría—. Háblame de nosotros, anda.

George permaneció en silencio un momento.

—Pero nosotros no —dijo.

—Porque...

—Porque yo te tengo a ti y...

—Y yo te tengo a ti. Porque contamos uno con el otro, por eso. Nosotros sí tenemos a alguien a quien le importa lo que nos pasa —exclamó Lennie triunfalmente.

La ligera brisa del atardecer roció el claro, las hojas susurraron y las ondulaciones en el agua surcaron la verde laguna. De nuevo, se escucharon los gritos de los hombres, pero ahora mucho más cerca.

George se quitó el sombrero y después dijo con voz entrecortada:

—Quítate el sombrero, Lennie. La brisa es muy agradable.

Lennie lo obedeció, se quitó el sombrero y lo dejó en el suelo frente a él. La sombra en el valle era más azul y la noche avanzaba rápidamente. Escucharon el ruido de pisadas en los matorrales, llevado por el viento.

—Cuéntame cómo vamos a vivir —suplicó Lennie.

George había estado atento a los distantes sonidos. Después dijo apresurado:

—Voltea a ver hacia el otro lado del río, Lennie, y te lo contaré de tal manera que lo puedas imaginar bien.

Lennie giró la cabeza y miró hacia la laguna y las montañas Gabilán, ya en penumbras.

—Vamos a comprar un pedazo de tierra —comenzó George. Introdujo su mano en el bolsillo derecho de su chaqueta y extrajo la Luger de Carlson; de un solo golpe retiró el seguro, y enseguida dejó que su mano empuñando el arma descansara en el suelo, detrás de la espalda de Lennie. Observó el lugar donde se juntaban la columna vertebral y el cráneo de Lennie, en la nuca.

Una voz se oyó a lo lejos, y río arriba otra le respondió.

—Sigue contándome —suplicó Lennie.

George levantó el arma y su mano tembló, y otra vez dejó caer la mano al suelo.

—Continúa —insistió Lennie—. Dime cómo va a ser. Vamos a comprar un pedazo de tierra.

—Tendremos una vaca —prosiguió George—. Y quizá podamos tener un puerco y pollos…, y una huerta… y algo de alfalfa…

—¡Alfalfa para los conejos! —gritó Lennie con júbilo.

—Sí, para los conejos —repitió George.

—Y yo me haré cargo de los conejos.

—Y tú te harás cargo de los conejos.

Lennie rio lleno de felicidad.

—Y viviremos como reyes.

—Sí.

Lennie volteó la cabeza.

—No, Lennie. Mira hacia allá, a lo lejos, al otro lado del río. Así podrás imaginar el terreno.

Lennie lo obedeció, y George volteó a mirar la pistola.

De repente se escucharon pisadas en los matorrales. George volteó a mirar hacia el lugar.

—Anda, George, dime, ¿cuándo lo vamos a comprar?

—Pronto.

—Yo y tú…

—Tú… y yo. Todos te van a tratar bien, y no tendrás más problemas. Nadie volverá a lastimar ni robar.

—Pensé que te habías enfadado conmigo, George.

—No, Lennie, no estoy molesto. Nunca lo estuve y menos ahora, quiero que lo sepas.

Las voces se aproximaron. George levantó el arma y aguzó el oído.

—Vamos ya a ese lugar —pidió Lennie—. Vamos ya.

—Claro, ahora mismo. Tengo que hacerlo, tenemos que hacerlo.

Y entonces George alzó la pistola y apuntó a la nuca de Lennie. La mano le tembló con violencia, pero se armó de valor y la mano se tranquilizó. Oprimió el gatillo. El estallido del disparo viajó como un eco por las laderas. Lennie se convulsionó ligeramente, y luego se desplomó despacio de bruces en la arena, inerte.

George tembló y miró la pistola, después la arrojó lejos, cerca de la orilla, a un lado del montón de viejas cenizas.

Los gritos y las carreras de hombres invadieron el matorral. La voz de Slim preguntó:

—George, ¿dónde está George?

George se había sentado en la orilla del río, endurecido. Miraba su mano derecha, la misma que había lanzado la pistola lejos. El grupo de hombres irrumpió en el lugar, con Curley al frente. Este vio que Lennie yacía en la arena.

—Por Dios, lo mataste. —Se aproximó y observó a Lennie, y después miró a George—. En la nuca, bien hecho —dijo con suavidad.

Slim se acercó directamente a George y se sentó junto a él, muy de cerca.

—No te aflijas, no tiene importancia —dijo Slim para consolarlo—. A veces uno se ve obligado a hacer cosas así.

Carlson estaba parado junto a George, y preguntó:

—¿Cómo lo hiciste?

—Solamente lo hice —contestó George con desgano.

—¿Tenía consigo mi arma?

—Sí, él la tenía.

—¿Y tú se la quitaste y lo mataste con ella?

—Sí, así fue —la voz de George era casi imperceptible. Miraba aún con detenimiento su mano derecha, la mano con la que había sostenido la pistola.

Slim jaló a George del brazo.

—Vamos, George. Tú y yo vamos a tomarnos un trago.

George lo dejó ayudarlo a levantarse.

—Sí, un trago.

—Tenías que hacerlo George —dijo Slim—. Por Dios que tenías que hacerlo. Anda, acompáñame. —Llevó a George hasta la entrada del sendero y siguieron hasta la carretera.

Curley y Carlson los siguieron con la mirada. Y Carlson dijo:

—¿Qué demonios les sucede a esos dos?

FIN

TÍTULOS DE ESTA COLECCIÓN

1984. *George Orwell*

Antología de cuentos. *Horacio Quiroga*

Así habló Zaratustra. *Federico Nietzsche*

Bajo la rueda. *Hermann Hesse*

Bartleby, el escribano. *Herman Melville*

Bola de sebo y otros cuentos. *Guy de Maupassant*

Cándido o el optimismo. *Voltaire*

Cantar de Mio Cid. *Anónimo*

Cartas a Theo. *Vincent van Gogh*

Cómo se filosofa a martillazos. *Federico Nietzsche*

Cuentos. *Oscar Wilde*

Cuentos de amor, de locura y de muerte. *Horacio Quiroga*

Cuentos de humor inglés. *G. K. Chesterton*

Cuentos de la Alhambra. *Washington Irving*

Cuentos de lo grotesco y lo arabesco. *Edgar Allan Poe*

Cuentos egipcios. *Ma. Cristina Davie*

Dafnis y Cloe / Las bucólicas. *Longo / Virgilio*

De profundis. *Oscar Wilde*

Demian. *Hermann Hesse*

Desobediencia civil. *D. H. Thoreau*

Diario de Ana Frank. *Ana Frank*

Doña Perfecta. *Benito Pérez Galdós*

Dr. Jekyll y Mr. Hyde. *Louis Stevenson*

Ecce homo. *Federico Nietzsche*

El agente secreto. *Joseph Conrad*

El anillo del Nibelungo. *Richard Wagner*

El anticristo. *Federico Nietzsche*

El camaleón y otros cuentos. *Antón Chéjov*

El cantar de Roldán. *Anónimo*

El castillo de Otranto. *Horace Walpole*

El corazón de las tinieblas / Tifón. *Joseph Conrad*

El diablo. *Giovanni Papini*

El fantasma de Canterville. *Oscar Wilde*

El golem. *Gustav Meyrink*

El hombre invisible. *H. G. Wells*

Impreso en los talleres de
MUJICA IMPRESOR, S.A. de C.V.
Calle camelia No. 4, Col. El Manto,
Deleg. Iztapalapa, México, D.F.
Tel: 5686-3101.